AF747311

खेलत गेंद गिरे यमुना में

(कहानी-संग्रह)

खेलत गेंद गिरे यमुना में

(कहानी-संग्रह)

उषाकिरण खान

प्रलेक प्रकाशन प्रा.लि.
Pralek Prakashan Pvt. Ltd.

प्रलेक प्रकाशन एवं जेवीपी पब्लिकेशन का लोगो विश्व प्रसिद्ध महान चित्रकार **मिकी पटेल** ने बनाया है।

ISBN : 978-81-946846-1-9 (Paper Back)

पहला संस्करण : 2020

प्रकाशक

PRALEK PRAKASHAN PVT. LTD.

वितरक
JVP PUBLICATION PVT. LTD.
602, I-3 Global City,
Virar (west), Mumbai 401303
Cell : 9833402902 / 7021263557
Email : pralek.prakashan@gmail.com
Website : www.pralekprakashan.com

खेलत गेंद गिरे यमुना में (कहानी-संग्रह)

Khelat Gend Gire Yamuna Mein : Stories By Ushakiran Khan

आवरण चित्र : देश के चर्चित चित्रकार रवीन्द्र कुमार दास

आवरण-सज्जा : सचिन राठौर

पुस्तक सज्जा : Jvp Publication Pvt. Ltd.

उषाकिरण खान : इक परिचय

नाम : डॉ. उषा किरण खान

पता : 1, आदर्श कॉलोनी, श्रीकृष्ण नगर, पटना-1

ईमेल : ushakirankhan@yahoo.co.in

जन्म : 24.10.1945, लहेरियासराय, दरभंगा (बिहार)

शिक्षा : एम.ए., पी.एच.डी

लेखन : आठ कहानी-संग्रह—विवश विक्रमादित्य, दूबधान, कासवन, गीली पांक, जनाधार, जनम अवधि, घर से घर तक, दस प्रतिनिधि कहानियाँ, संकलित कहानियाँ, लोकप्रिय कहानियाँ

उपन्यास—फागुन के बाद, सीमांत कथा, रतनारे नयन, पानी पर लकीर, सिरजनहार, अगन हिंडोला, गई झूलनी टूट

नाटक—कहाँ गये मेरे उगना, हीरा डोम

बाल नाटक—डैडी बदल गए, नानी की कहानी, सात भाई और चंपा, चिड़िया चुग गयी खेत

इतिहास—संस्कृति के कालपात्र : बिहार

बाल उपन्यास—उड़ाकू जनमेजय

चित्रकथा—वीर कुँवर सिंह

(कई बाल कथायें और 100 से अधिक निबंध)

पुरस्कार/सम्मान : पद्मश्री (लाइफ टाइम कॉन्ट्रिब्यूशन इन लिटरेचर एंड एजुकेशन)

साहित्य अकादमी पुरस्कार (मैथिली उपन्यास : 'भामती' के लिए)

कहानी-क्रम

पीड़ा के दंश

"आप इस उम्र में भी ख़ूबसूरत हैं।"—शांता ने संझा से कहा।

"आपकी सोच ख़ूबसूरत है शांता, मैं नहीं।"

"चलिये यह भी सच है, लेकिन आप में एक कशिश है।"—शांता ने लरजती आवाज़ में कहा। दोनों साथ हँस पड़ीं।

"लीजिये, काजू वाली बिस्किट खाइये।"—संझावती ने कहा।

"संझावती, आपलोगों के नाम में वती रहता है, क्यों? क्या किसी ख़ास कम्यूनिटी का ऐसा नाम है?"

"हाँ, है। क्या है कि भाई-बाप के दिये नाम से जिसे प्यार है वह 'वती' है, जो अल्ट्रा मॉड है उसने अपना नाम बदल लिया है।"

"जैसे उसने"—सामने से आती लम्बी तगड़ी अनुषा की ओर इशारा था शांता का। संझावती के चेहरे का रंग उड़ गया।

"आपने जवाब नहीं दिया संझावती, आपने ही तो कहा था कि इसका नाम भी अनुवती था।"

"था शांता, अनुवती ही नाम था। क्या आप मेरे साथ आम के बागीचे में चलेंगी?"

"चलूँगी, लेकिन पहले कॉफी तो...।"

"कॉफी मैं ले लेती हूँ, वहीं चलकर पीयेंगे।"—संझावती ने तेजी से पेपर-कप में काफ़ी ली और निकल चली।

"शांता जी, जरा रुकिये तो"—खिलखिलाती बलखाती अनुषा बहादुर ने रास्ता रोक लिया।

"आप मुझे लिफ्ट ही नहीं देतीं।"

"नहीं, ऐसी कोई बात नहीं मैडम, भला किसकी मज़ाल कि आपको तवज्जों न दे।"

"मैं देख रही हूँ शांता जी"—वह क़रीब आ गई।

"उस ओल्डी संझावती में उलझी रहती हैं।"—फँसे गले की नकियाई आवाज़ निकली। अपनी ही बात पर वह खिल-खिलाकर हँसी। उसकी हँसी घोड़ी की हिनहिनाहट जैसी थी। उसके उभरे हुए मोटे होंठ गहरे बैंगनी लिपिस्टिक से पुते हुए थे। उतना ही पुता चेहरा था। उसने अपने मोटे गाल पर गहरा गुलाबी रंग पोता हुआ था। हँसती तो उसके उभरे पेट पहले हिलते, आवाज़ बाद में निकलती। वह वहाँ की नेता थी। विपक्ष की होने के कारण पूछ घट गई थी पर अपने सेक्सी रूप-यौवन के कारण सदा लोगों से घिरी रहती। आश्चर्य की बात थी कि ठेठ भारत की तरह वहाँ भी दलाली का धंधा परवान पर था और अनुषा एक कनफ़र्म दलाल थी। सो उसके चारों ओर लोगबाग घेरा डाले रहते। दो चार लोग उसके चौगिर्द अभी भी सिमट आये। शांता की जान छूटी। वह अमराई की ओर लपकी जहाँ संझावती दोनों हाथों में कॉफी-कप पकड़े इन्तज़ार कर रही थी।

"आइए यहाँ बैठ जाइए।"—एक पेड़ के नीचे पड़े बेंच पर दोनों बैठ गईं।

"संझा आप अचानक उदास हो गईं। क्या बात है?"

"आप भावनाओं को समझती हैं। कुछ अन्दाज़ लगाइये।"

"कहीं आप हमारे बिछुड़ने का समय जो नज़दीक आ रहा है उसके लिए तो नहीं दु:खी हैं?"

"आप देश लौट रही हैं, ख़ुशी की बात है। आपसे दोस्ती हुई, मेरा सौभाग्य। मैं उस बात से दु:खी नहीं हूँ।"

"तो मुझे बताने दीजिये—यह अनुषा जब सामने आती है आपके चेहरे का रंग उड़ जाता है, क्यों?"

"बड़ी लम्बी कहानी है। मैं कहना नहीं चाहती। दर्द बढ़ जाता है।"—संझा ने लम्बी साँस ली।

"आपकी पेंटिंग्स में भी मैंने दर्द की गहरी छाया देखी है। क्या बतायेंगी नहीं, प्लीज़।"

"बताना नहीं चाहती थी शांता, पर आप हैं समानधर्मा और फिर दूर देश की वासी; आपके और हमारे पास समय नहीं है। लेकिन मुझे लगता है मैं कैसे अपना एकान्त दु:ख आपसे बाँटूँ? आपके दिल में दर्द की टीस देकर क्यों भेजूँ?"

"क्यों क्या सिर्फ़ आनन्द बाँटने आई हूँ? दर्द का ज़र्रा तक न ले जाऊँ?"

"इतना कच्चा समझ रखा है अपना रिश्ता? संझावती, हम समानधर्मा हैं तो अपनी पीड़ा में मुझे शरीक करो।"

"बहुत अच्छी बात तो नहीं है लेकिन आपको बताये बिना चैन नहीं है। जाने क्यों आप मुझे कोरे कैनवास सी लग रही हैं जिस पर मेरी कूची चलने को आतुर है।"—शांता उन्मुख हुई। संझा ने अपना राज खोलना शुरू किया। दोपहर सँवला गई। गहरे पीले, लाल बैंजनी फूल झुकने लगे। शांता के दिल पर संझावती के शब्द नश्तर से धँसते चले गए।

बहुत ख़ूबसूरत जवान था विपिन। संझा को बेहद चाहता। संझा उसकी संगिनी, प्रेमिका, पत्नी सब थी। विपिन जितना ही ख़ूबसूरत था उतना ही तेज़ मिजाज़। अपनी तुनकमिजाजी का खामियाजा उसे अक्सर भुगतना पड़ता। चार प्यारे-प्यारे बच्चे थे उसके। बीवी और बच्चों में सदा लिप्त रहने वाला विपिन अपने ईमानदार स्वभाव के कारण आर्थिक तंगी में रहता। तंगी उसके परिवार के लिए कोई मायने नहीं रखती। संझावती के शरीर पर न तो अच्छे कपड़े होते, न कोई गहने। संझावती क़दम दर क़दम उम्र के पड़ाव पार करती चली जा रही थी। बच्चे वयस्क हो गये। अपने काम धंधों से लग गये।

संझावती के जीवन का सुन्दर समय बीत रहा था। उसकी पेंटिंग्स की धूम मची थी। पूरे कैरेवियन क्षेत्र में प्रदर्शनी लगती। संझावती ढेरों सम्मान पुरस्कार लेकर आती। विपिन उसे सदा आगे बढ़ने को कहता।

"जब मैं कोई सम्मान लेकर आती, विपिन उत्कंठा से मुझे लेने आता। मुझे आगोश में लेकर कहता कि—"तुम आज भी उतनी ही दिलकश हो, उतनी ही जवान और सुकून देने वाली। तुम्हारे ओंठ और ये उरोज बिल्कुल सत्रह साला। भगवान ने मुझे तुम्हारे रूप में कितना बड़ा तोहफा दिया है मैं बता नहीं सकता।"विपिन मुझ में डूब जाते। मैं अपने आपको सचमुच संसार की सबसे अधिक सेक्सी औरत समझती। सचमुच शांता।"—बेंच के पीछे ढह गई थी संझावती। कथा का सूत्र शांता की पकड़ में आने लगा था।

इस सम्मेलन में स्त्री विमर्श कोई मुद्दा ही नहीं था। एजेन्डा में स्त्री नहीं थी कहीं भी। महिला लेखन, महिला कला कुछ नहीं, कहीं नहीं। शांता और कुछ अन्य लेखिकाओं ने ख़ाली समय में नए कार्यक्रम बनाने की चेष्टा की थी लेकिन हुआ नहीं।

जैसे शांता के चारों ओर आर्किड उग आयें, जैसे बिन मौसम पका आम टपक जाये, जैसे पेड़ के नीचे सिर्फ़ दो नहीं, प्रबुद्ध जानदार जोरदार विमर्श के लिए दसियों स्त्री उन्मुख हों।

''ये आर अट्रेक्टिव, सेक्सी ऐण्ड ह्वाट नॉट संज्ञा? कमऑन, आप एक मुकम्मल औरत हैं।''

''हुँह मैं भी यही समझती थी।'' विपिन कहते—''तुमने मुझे जितना सुख दिया है उतना सात जन्म में भी किसी को नहीं मिल सकता है। शांता, सेक्स के नये-नये नुस्खों वाली किताबें। विपिन लाते। मैं भरपूर उन्हें साथ देती। वो कहा करते कि तुम्हारे सत्रह साले यौवन में एक ही कमी आ गई है आजकल, वह है तुम्हारी कमर और पेट की चर्बी, मैं तुम्हें हॉलैंड ले जाऊँगा, लिपो करा दूँगा। तुम और हसीन हो जाओगी।'' मैं उसे चुप नहीं करती पर यह ज़रूर सोचती कि उम्र के इस पचपनवें पड़ाव पर अब इसकी क्या ज़रूरत है।

''विपिन की सुन्दरता अब भी वैसी ही है?''—शांता ने पूछ दिया।

''उम्र का प्रभाव है ना। लेकिन हम एक-दूसरे के लिए शायद-पूर्ण थे। कम से कम मुझे ऐसा लगता था।''

''फिर हुआ क्या?''

''यह और वर्षों पहले जब इलेक्शन में खड़ी होने वाली थी तब मेरी दोस्त बन गई। मुझे अपनी बड़ी दीदी कहने लगी। विपिन इसे पसंद नहीं करते थे। मुझे अक्सर उसके आने पर डाँटते। दो साल पहले मैं अपनी एक प्रदर्शनी के लिए हॉलैंड गई थी। वहाँ से आई तो मुझे विपिन बदले-बदले नज़र आये। मुझे बताया कि—''अनुषा, तुम्हारी छोटी बहन बीमार है, तुम उसके पास जाओ। मैं उसे देख आया।'' मैं चौंकी। ये वो ही विपिन थे जिन्हें उसके चरित्र की कुचर्चाओं के कारण मुझसे मिलना-जुलना भी नापसंद था। यह हमारी पहली मिलन की रात थी जब उनकी उत्कंठा कुंद थी। शरीर मेरा था, चर्चा अनुषा की हो रही थी। विपिन ने उत्तेजना की रौ में मुझे कहा कि ''मैंने पूरा जीवन तुम्हारे साथ गुज़ार दिया। अब एक बार अनुषा के साथ सोना चाहता हूँ। तुम्हें कोई एतराज हो तो बताओ।''

''शांता, मैंने एतराज किया।'' कहा—''विपिन आपकी इमेज बिगड़ेगी। इस आयु में अपनी प्रतिष्ठा आप खो देंगे, फिर उस भोंड़ी औरत में है क्या?'' विपिन ने मुझे क्या कहा जानती हो?

"क्या?"—शांता मानो डूबने लगी।

"कहा, मैं तुम्हें कह रहा हूँ तो समझदारी बघार रही हो, बिना कहे मुझे जो करने का मन होगा, कर लूँगा तो क्या कर लोगी?" मैं स्तब्ध रह गई।

संझावती के चिकने गालों से आँसुओं की धारा बह चली। एक भारतीय औरत के आँसू। शांता के कलेजे पर फफोले बनाते आँसू।

"विपिन अपने साठोत्तरी उन्माद में डूबता चला जा रहा था, रात-रात भर फ़ोन से बातें करता। दिन दोपहर बातें करता, उत्तेजना से उसके होंठ फड़कते रहते। मैंने देखा उसे सामान्य बनाने का एक ही उपाय है। मैंने अनुषा की बात स्वयं छेड़नी और रस पैदा करने की चेष्ठा की। तब देखा वह खीझने लगा। शायद उसे अपराधबोध होता हो। घर से विमुख हो उठा वह। सँभाले नहीं सँभल रहा था।"

"अभी कहाँ है विपिन?"—शांता ने पूछा।

"यहीं सम्मेलन में।"

"रहता कहाँ है?"

"हम साथ ही, एक ही घर में हैं।"

"तो फिर आपकी तड़प क्या है?"—शांता की लेखिका जग गई।

"क्या विपिन उसे मँहगे गिफ्ट देता है?"

"हँह, गिफ्ट क्या चीज़ है?"

"तो फिर?"

"उस दिन का विपिन को इन्तज़ार था। इसके नामर्द पति को चालाकी से दूसरे शहर भेज दिया था। वैसे भी इसके पति को किसी संबंध पर ऐतराज करने की औकात नहीं है। पर विपिन का आपना सॉफिस्टीकेटेड सेक्स मैनर यही चाहता था। मैंने देखा उस दिन उसने बाथरूम में तीन घंटे लगाये। अपने शरीर के फालतू बहुत दिनों से बढ़ आये बाल साफ़ किये। ढेरों फरफ्यूम उड़ेले। नया हाफशर्ट तथा जीन्स पहना और मुझसे बाजू वाले शहर जाने की बात कहकर चला गया। उसके जाने के घंटे भर बाद मैं विपिन के प्रिय डाक बंगले में चली गई। मेरा मन बहुत उद्विग्न था। सचमुच विपिन बाजू वाले शहर न जा कर उस डाकबंगले में था। केयरटेकर को कुछ पैसे दे मैं उसके कमरे के पास वाले कमरे में ठहरी। विपिन और अनुषा के रोमांस को, उनकी थरथराती आवाज़ को मैं सुनती रही, रोती रही। मुझे अपने आप पर हैरत हो रही थी

कि मैंने क्यों स्वयं को इस परिस्थिति में डाल लिया। आँखों से देखने की क्या ज़रूरत थी। क्यों नहीं परदेदारी रहने दी।''

''अच्छा विपिन कैसा लग रहा है मेरा साथ? बोलो''—अनुषा ने पूछा।

''बऽऽहूऽऽत अच्छा।''

''इतने दिनों बाद मेरे पास आये? उस बुढ़िया में क्या रखा है अब! कब तक हाड़ खड़खड़ाओगे?''—खिलखिलाहट। मेरा थोड़ा पेट मोटा है न!

''कोई बात नहीं। लिपो करवा दूँगा। जो ख़र्च आयेगा, करूँगा।''

''सच, तुम कितने अच्छे हो। तब तो और मज़ा आयेगा।''

इसके बाद मेरे कान बन्द हो गये मानो। यह लिपो प्रकरण मेरे लिए गर्म सीसा साबित हुआ। मैं रात को ही लौट गई। विपिन दूसरे दिन शाम को लौटे। उन्हें नहीं पता कि मैंने सब कुछ देख सुन लिया है। मैंने अपने आपको उनसे विड्रा कर लिया है शांता।

शांता ने संझावती को खींचकर सीने से लगा लिया। संझावती को जी भर कर रो लेने दिया। उन आँसुओं को सहेजकर ले आई है, वंचना के आँसू।

ऐसे ही तो होते हैं विवश पीड़ा के दंश।

❖ ❖ ❖

गाँव को गाँव ही रहने दो

चाँदनी छिटकी है चहुँ ओर। दो दिनों से मेघ उमड़-घुमड़ रहा है पर जेठ की पूनो तिमिर का सीना चाक कर अपनी उपस्थिति दर्ज कर रही थी। उमा बहू लाठी टेकती तालाब के मुहाने पर पहुँच गई थी। नीरो देवी एक अपेक्षाकृत जवान स्त्री के कंधों पर हाथ रखे चली आ रही थी। उमा बहू ने स्मित हास्य से उन्हें देखा। चाँदनी इतनी शफ्फाक है कि उनकी सफ़ेद झुर्रियों की एक एक रेखा साफ़ दीख रही है। मुस्कुराहट से खिले ओंठ और पोपले मुख के भीतर छटपटाती जीभ तक साफ़ दीखती। तालाब की पक्की सीढ़ी तक पहुँच कर लाठी हौले से रखा और साड़ी समेट कर बैठ गई। घूंघट पहले ही सरका लिया था अब पूरा कपाल अनावृत्त था। नीरो देवी और रीता भी पास आकर बैठ गई थीं। दोनों वृद्धाओं की हँफनी कम हुई।

"आज नहीं लगता था कि हम मिल पायेंगे।"—नीरो देवी ने कहा।

"मेघ तो आकाश को घुड़-दौड़ का मैदान बनाकर अभी भी दौड़ रहे हैं।

"देखो।"—उमा बहू ने कहा।

"हाँ ठकुराइन, कब बरस पड़े, कौन जाने। अगली पूनो को मिल न पायें, रास्ते सारे डूबे जायेंगे। तो लीजिये, हम अपना शौक पूरा करें।"—नीरो देवी ने कुरती की जेब से माचिस और ढोलक छाप बीड़ी का बन्डल निकाला। काले छींट की कुरती और सफ़ेद छींटदार साड़ी पहन रखी थी नीरो देवी ने। रीता ने सलवार समीज पहना था। वह भी काले छींट का था। नीरो जीरादेई की बेटी है। चौदह बरस की बाली उमर में उसकी शादी हुई थी। दूल्हा सत्रह साल का था। छपरा हाई स्कूल में पढ़ता था। बाइसी रोग में चल बसा। एक बार ससुराल गई थी नीरो। अभी गौना नहीं हुआ था। बाल विधवा हो गई। ग़रीब कायस्थ की बेटी थी। पिता राजेन्द्र बाबू के घर में एक प्रकार से मुंशी थे। हिसाब-किताब रखते थे। नीरो भी उनके ही घर में रहती थी। उन दिनों अधिकतर स्त्रियाँ गाँव में थीं। नीरो उन्हीं के घर में लिपटी रहती। सिलाई कढ़ाई

और अन्य घरेलू कार्यों में मदद देती। उमाकान्त सिंह के शहीद होने के बाद जो जनसमूह नरेन्द्रपुर में उमड़ा था उसके साथ नीरो भी थी। अपनी पीड़ा से दुःखी नीरो उमा बहू के पास चली आई। वे बार-बार बेहोश हो जा रही थीं। एक तो पन्द्रह साल की छोटी उम्र में माँ बनना दूसरे यह वज्राघात। उन्हें अपने पति के जाने का उत्सव समझ में नहीं आ रहा था—"जब तक सूरज चाँद रहेगा, उमाकान्त तेरा नाम रहेगा।"

वे एक सामान्य विधवा नहीं थीं जिसकी चूड़ियाँ, तोड़ी जा रही थी, सिन्दूर मिटाया जा रहा था। यह तो होता ही था, नीरो सब की गवाह थी, वह इस प्रक्रिया से गुज़र चुकी थी। लेकिन जीरादेई की होने के नाते उसे पता था कि उसके पति की मृत्यु और शहीद हो जाने में बड़ा फर्क है। उमा बहू के प्रति आकर्षण था जो प्रतिदिन नीरो भागी-भागी आ जाती। धीरे-धीरे सहेलियापा बढ़ गया। वही सहेलियापा बरकरार है आजतक।

"लाओ, सुलगाओ, महीने में एक दिन हम शौक पूरा करती हैं। घर में तो हुक्का चलता है।"—उमा बहू ने कहा।

"हुक्का? अभी भी चलता है?"—यह रीता थी जो पहली बार कुहुकी। रीता नीरो के भाई की बेटी है। नीरो के छोटे भाई बब्बन की छः बेटियों में सबसे छोटी। पाँच बहनों की जैसे तैसे शादी कर दी थी बब्बन ने, रीता की न कर सके। रीता ने बी.ए. तक पढ़ लिया था, गाँव के सरकारी स्कूल में शिक्षिका हो गई थी। एक दुर्घटना में बब्बन और उसकी पत्नी गुज़र गये। तब से नीरो और रीता एक-दूसरे के सहारे हैं।

"अरे नहीं रे, चलता था, हम छुपा के बीड़ी मँगाते और पीते। एक बार सासू माँ ने देख लिया तब पूरा बन्द। छः-महीने तक पेट फूल जाता फिर धीरे-धीरे सब ठीक हो गया। रीता ने माचिस जलाकर दो बीड़ियाँ सुलगाकर दोनों वृद्धाओं को थमा दिया।

"सिगरेट का जमाना है चाची, ई बीड़ी काहे पीती हो?"

"तुम तो दोनों में से कुछ नहीं पीती हो, तुम्हें क्या पता कि किसका स्वाद कैसा होता है, बीड़ी में सोंधी सुगंध होती है।"—नीरो देवी ने कहा। रीता हँस पड़ी।

"ऐ छोकरी, ठहाके न लगा। गाँव के लोग सुनेंगे तो? रात निःशब्द है दूर तक आवाज़ जायेगी। चुप बैठ।"

"क्या होगा, समझेंगे कोई चुड़ैल है।"—दोनों वृद्धा इत्मीनान से बीड़ी के कश लेकर धुआँ उड़ाने लगीं। रीता चाँदनी में बौराई सी इधर-उधर फिरने लगी। एक छोटे से ढेले को उठाकर पानी में फेंका 'छपाक'—बूँदे उछली रूपहली होती हुई, पुनः समतल में विलीन हो गईं, लहरें उठीं, जुम्बिश खाकर सतह हो गईं। दोनों बूढ़ी कभी रीता को तो कभी तालाब को देखती बीड़ी का आख़िरी कश लेने लगीं।

"ठकुराइन, अन्दर से सब कुछ खोखला सा लगता है, अचानक कब टपक जाऊँ, नहीं पता। इस रतिया का का होगा? सोचती हूँ।"

"अपनी उमिर वैसी ही है मुंशियाइन, का करें।"

"मेरी छोड़ो दादी, अब जरा बैठो सँभल के। पश्चिम कोने से बाबूजी और नटवर काका चले आ रहे हैं।"—रीता ने धीमे से कहा। दोनों वृद्धायें सँभलकर बैठ गईं। मुंशियाइन ने आँचल कपाल तक खींच लिया। उमा ठाकुराइन ने लगभग घूँघट ही निकाल लिया। सामने पश्चिम कोने से सफ़ेद बुर्राक धोती गोलगंजी में बाबूजी और सफ़ेद पैन्ट शर्ट में नटवरलाल चले आ रहे हैं। रीता के शरीर में सिहरन व्याप गई, रोम-रोम कंटकित हो उठा।

"रीता, तुम्हारे बाबा नहीं आये इनके साथ।" उमा ठकुराइन का उदास स्वर सुनाई दिया।

"मैं यहाँ आपसे पहले से आकर बैठा हूँ दुल्हिन।"—ठाकुर साहब की धीमी गंभीर आवाज़ सुन तीनों जनी इधर-उधर देखने लगीं। ठाकुर साहब हौले से हँस पड़े। हँसी की आवाज़ का अनुसरण करने पर देखा कि इनसे थोड़ी दूर पर ठाकुर उमाकान्त सिंह आलती पालती मार कर बैठे हैं। उन्होंने सफ़ेद कमीज और पाजामा पहन रखा था। उनके सर पर पगड़ी थी और गले में पड़ी शिवगेंदा की ताजा माला। वही माला जिसे आज ही डॉ. राजेन्द्र प्रसाद माध्यमिक विद्यालय के बच्चों ने पहनाया था। प्रत्येक ग्यारह अगस्त को स्कूली बच्चे तथा शिक्षक आते। कुछ भाषण आदि होते और मालायें पहनाकर मानों शहीदों को याद करने की ड्यूटी पूरी करते। कुछ मालायें मनबढ़ू बच्चे उतारकर पहन लेते, एक ज़रूर छोड़ देते। वही माला सूखकर झरने तक इनके गले की शोभा बढ़ाती। ग्यारह अगस्त के बाद पन्द्रह अगस्त को भी भूले बिसरे नागरिक चले आते हैं। मुखिया सरपंच या ब्लॉक के अधिकारी माला पहनाने का अपना कर्त्तव्य पूरा कर जाते हैं। तब संगमरमर की उनकी मूर्ति धो-धाकर साफ़

शफ़्फ़ाक कर ली जाती है। घेरे में लगी फूलों की क्यारियाँ साफ़ कर दी जातीं। क्यारियों में सदाबहार शिवगेंदा और तिउड़ा फूल लगा होता है जिसे हर साल लगाने की ज़रूरत भी नहीं होती। स्वयं उसके बीज झड़कर पुनर्जीवन प्राप्त कर लेते। घेरे में लगे अमलतास को गाय भैंस बाहर से चरने की कोशिश करतीं पर वह बढ़ता और फैलता ही रहा। अमलतास की उपस्थिति जोरदार है। जब वह फूलता है तब मूर्तिवत् उमाकान्त सिंह को लगता है वे ही दूल्हा बन बैठे हैं। फूल की पीली लड़ियाँ बेहद कोमल सेहरा हैं जिसके स्पर्श को वे तरसते होते हैं। पत्थर की मूरत न हिल पाती न डोल।

राजेन्द्र बाबू के पास खड़े होते ही नीरो देवी ने धरती पर तीन बार माथा टेका, धीमे स्वर में कहा—"गोर लागऽतानी भइया"

"सभे ठीक बा नू?"—भइया ने आशीष दिया।

"अपने के असीस बनल रहे, का कहें सब समझते ही हैं।"—नीरो देवी ने कहा। आजकल जीरादेई के घर की देखभाल सरकार कर रही है। सरकार में बहुतै महकमा है तो बिल्डिंग बचाने वाली महकमा ही देखभाल कर रहा है। एक महकमा फूलपत्ती भी देखता है। कुल ठीके बा। नीरो सोचती है, बाबू भैया समझ जाते हैं।

"तुम क्या चाहती हो नीरो, हम सब देख समझ रहे हैं, तुम लोगों की उदासी, तुम्हारी विपदा पर कुछ कर नहीं सकते हैं। जब किसी के मन को नहीं बदल सकते तो तन की कौन कहे।"

"बाबूजी आप चाहे तो ज़रूर बदल सकता है,।"—नटवर लाल ने कहा

"कैसे?"—बाबू जी थे।

"हृदय में बसकर।"

"रहने दो नटवर, मेरे रहते तुमने स्थान को कलंकित किया, मैंने क्या कर लिया? क्या तुम्हारे हृदय में थोड़ी देर के लिए भी मेरा ख़्याल आया? अब क्या कहते हो?"—बाबूजी ने गहरी साँस ली।

"बाबूजी, यह हमारा दुर्भाग्य कि बदल न सके या कि अपनी अक्ल का दुरुपयोग करते रहे।"—नटवर का स्वर डूब गया।

"आपलोगों की बातें सुन मैं बुत एक बारगी घायल हो जाता हूँ। ऐसा क्या था कि बाबूजी के आह्वान पर हम शहीद हो गये, आप कुचाल न छोड़ सके।"—उमाकान्त सिंह ने कहा

"फितरत उमा, फितरत! नहीं बदलती। नटवर कहते हैं कि वे बड़े भावुक हैं। किसी की बेटी की शादी अटक रही हो, किसी का जनाजा उठ रहा हो इनसे देखा न जा रहा था। क्या करते, बैंक लूट लाते। तुम से कहा जाता तो तुम अपनी ज़मीन या दुलहिन का गहना रेहन रख देते, मैं अपनी कमाई दे देता या बेटी की ससुराल को समझा आता यह नहीं कर पाये। भावुक हैं।"

"तभी तो आपके साथ याद किये जाते हैं।"—नटवरलाल ने कहा।

"आपने देखा है आपका घर मिट्टी में मिल गया है, बिल्ली भी वहाँ रोने नहीं जाती। कोई आपका नाम भी नहीं लेता। शुक्र है कि आपकी बेटी लौट कर नहीं आई वरना आपका गुस्सा उस पर उतारते लोग। बात करते हैं। अरे परलोक गये अब तो सुधरिये। यहाँ आपसे मिलने नहीं आते हैं लोग, काहे बाबूजी से लटक के चले आते हैं?"—रीता ने आक्रोश में भरकर कहा। तीनों चौंक गये। एक दिन अचानक चाँदनी रात को बाबूजी की आत्मा गाँव सिमान भ्रमण करने आई। साथ में न जाने क्यों नटवरलाल लग गये। भोले-भाले सीधे सज्जन बाबूजी कुछ न बोले। मूर्ति से गुज़रकर आ रहे थे सो उमाकान्त सिंह भी साथ हो लिये। बाबूजी की आत्मा गाँव में ही रहती थी। उमाकान्त सिंह की तो नॉल ही गड़ी थी और नटरवरलाल पिछलग्गू हो अपना पाप धो रहा था। तीनों के सपने आने शुरू हो गये उमा बहू और नीरो को, फिर तो सभी का पूनो को मिलने का वादा सा हो गया।

"दरअसल हम भूल गये कि किससे मिलने आये थे? बताओ बेटा रीता तुम जिस स्कूल में पढ़ाती हो वह ठीक चलता तो है?"—स्निग्ध स्वर में पूछा बाबूजी ने।

"स्कूल की कक्षाओं में नियमानुसार, सिलेबस अनुसार पढ़ाई होती है। मुझसे पूछ रहे हैं तो मैं कहूँगी कि इस गाँव को इस स्कूल को मॉडल बनाना चाहिए, आख़िर भारतरत्न का गाँव है।"

"भारतरत्न के गाँव के खेतों में सरसों फूल रही है, आम के पेड़ मंजरों से भरे हैं, कोयल कूक रही है, चहुँओर हरियाली है। मेरा मन राष्ट्रपति भवन की चारदीवारी में बेचैन था, बिहार विद्यापीठ में सुकून था, अब गाँव में विश्रान्ति है।"—बाबूजी ने कहा।

"हमारे यहाँ जड़कन टूट रही है, परिवर्तन तो है। दुलहिन, आपने लम्बा

जीवन जीया मेरे बगैर, सच बताइयेगा कैसा है इन दिनों? क्या मेरी शहादत व्यर्थ गई?''—उमाकान्त बाबू ने पूछा।

उमा बहू ने पहलू बदला, घूँघट को थोड़ा और नीचे सरकाया और सँभल कर बोलने लगी।

''मालिक, मुझे तो किसी ने बुक्का फाड़कर रोने भी न दिया। गरभ से जो थी। बबुआ घुटरून चलने लगे तभी से फूलमाला, शंख टीका लगाने, झंडा फहराने लगे। आज़ाद जो हो गये थे। इत्त, बड़ा शामिल घर था कि कहाँ फुरसत थी? जी अब ऊब गया है। ले चलिये।''—वे द्रवित हो चलीं।

''सबका समय आता है दुलहिन। इस त्रिकोण को रीता बेटी ही मॉडल बनायेगी, परिवर्तन का माद्दा है। गाँव को गाँव रहने देना। इसे नगर न बनाना वरना यह खो जायेगा तो ढूँढे न मिलेगा।''—बाबूजी ने समझया।

''क्या अब हमें लौटना चाहिए?''—उमाकान्त सिंह ने कहा। सब कहीं अनायास लुप्त हो गये। रीता ने ठकुराइन को सहारा दिया, नीरो देवी को लाठी पकड़ाई और तालाब की सीढ़ियाँ उतरने लगीं हौले-हौले। स्थिर जल में अपना चेहरा उन्हें साफ़ नज़र आता फिर हौले से चुल्लू भरकर पानी चेहरे पर मारतीं तरो ताज़ा हो उठतीं। अपने-अपने ठिकाने पर लौटतीं सबों के दिलो-दिमाग में एक ही आवाज़ गूँजती रही—

''परिवर्तन हो पर गाँव को गाँव ही रहने देना।''

✤ ✤ ✤

मर्ज की दवा

इस पठारी स्टेशन पर प्राय: सभी गाड़ियाँ रुकती हैं। दोनों ओर से उतरने वाले स्वल्प यात्रियों के अतिरिक्त किसी को यह समझ में नहीं आता कि जंगल पहाड़ियों से घिरे छोटे से प्लेटफार्म वाले इस स्टेशन पर गाड़ियाँ क्यों रुकती हैं। लम्बे-लम्बे साल-सागवान के वृक्ष, पलाश के जंगल और शरीफे के पौधे ट्रेन के यात्रियों को दीखते। साथ ही बड़े-बड़े अहाते वाली भव्य कोठियों की कतारें भी दिखाई पड़तीं। स्टेशन पर चायगरम और कच्चे पत्ते के दोनों में समोसे-पकौड़े लिये हाँक लगाते, शोर मचाते विक्रेताओं की चिल्लपों के बावजूद किसी मिल की पुक-पुक आवाज़ सुनाई दे जाती। सर्पीली डगर से बढ़ती रेलगाड़ी कभी पूरब कलकत्ते कभी पश्चिम पटना दिल्ली की ओर बढ़ती हुई धुंआती फैक्ट्री को पार करती जाती। शीशे की पुरानी ग्लास-फैक्ट्री ने इस शहर को एक पहचान दी है। दो सौ साल की ग्लास फैक्ट्री में छोटी पेंदी और फैले मुँह वाले घटीदार ग्लास बनते हैं। वैसे ग्लास पटना से राँची और बर्दमान से कलकत्ते तक सभी स्टेशनों पर चायवालों के पास मिलते हैं। चाय और ईख का रस बेचने वालों की यह ख़ास पसन्द है। बड़े-बड़े बँगले कलकत्ते के भद्रलोक के हैं। एक बंगला कवि गुरु रवीन्द्र नाथ ठाकुर का बताया जाता है। कहते हैं कवि जाड़े की धूप सेंकने, बरसात का आनन्द लेने, अपनी अमराई में कोयल की कूक और पपीहे की 'पी कहाँ' सुनने अक्सर आया करते। कवि ने ऐतिहासिक गीतांजलि की कुछ कविताएँ यहाँ के प्रवास में लिखी।

आज़ाद भारत में इस स्थान को अंचल का दर्जा मिला। अंचल होने के बाद एक महिला विद्यालय तथा एक सह शिक्षा का महाविद्यालय खुल गया था। ब्लॉक के अस्पताल में डॉक्टर तथा नर्स बहाल थे। हाल फिलहाल एक मल्टीनेशनल क्रॉकरी की फैक्ट्री खुल गई थी। बड़े-बड़े सुन्दर भवनों की देख-रेख करने वाले मालियों ने नवधनिक ठेकेदारों बाहुबलियों को कब्जा करवा दिया था। भद्रलोक या तो नावल्द हो चले थे या अपने अभिजात में सिमटे

से देश-विदेश में पड़े थे। हवा-पानी बदलने को अब भी कुछ बंग परिवार यहाँ आते। कलकत्ता से दो ही घंटे की दूरी पर रहने के कारण कई नवोन्मेषी युगल भी यहाँ यदा-कदा आते रहते। डॉ. सुधाकर भी अपने युवाकाल में मेडिकल छात्रों की टोली के साथ कई बार पिकनिक करने आये थे। स्थान की सुन्दरता और शांति ने उनका मन बाँध लिया था। तभी तो जब ब्लॉक के प्रमुख अस्पताल में उनकी नियुक्ति हुई तो उन्हें बहुत अच्छा लगा। साथी डॉक्टर लोगों में से कुछ ने आहें भरी, कुछ ने चुटीले व्यंग्य किये।

"सुधाकर को पर्याप्त समय मिलेगा फूलों के रंग देखने का, तितलियों के प्रकार ढूँढने का।"... एक साथी ने कहा—"भूमली तो यहाँ रहेगी नहीं, बिरह कविता पर भी हाथ आजमा सकेगा।"—दूसरा था।

"जड़ी-बूटी के अध्ययन का टाईम मिलेगा।"

"थोड़ी ओझा-गुनी की ट्रेनिंग भी लेगा।"—दोस्तों के व्यंग्य को वह मुस्कुरा कर सुनता रहा था।

डॉ. सुधाकर न सिर्फ़ इस स्थान के बड़े डॉक्टर बन गये थे बल्कि उनका एक निजी सुविधा सम्पन्न नर्सिंग होम बन कर तैयार हो गया था। पत्नी भूमली नर्सिंग होम का प्रबंध प्रारंभिक दिनों में देखती थी। कालांतर में होने वाले दो बच्चों के कारण वे घर में बँध गई थीं। भूमली बहुत बड़े डॉक्टर की बेटी थीं। उनके पिता का सुधाकर के डॉक्टर बनने तथा नर्सिंग होम खोलने में बड़ा योगदान था। इस नर्सिंग होम के कारण सम्पूर्ण इलाके के मरीज कलकत्ते, पटना या राँची जाने से बच जाते। नर्सिंग होम में कई अन्य डॉक्टर, लेडी डॉक्टर तथा कम्पाउन्डर, नर्स थे। एक बड़ा भूभाग शानदार जगमगाहट से भर गया था।

ब्लॉक होने के बाद, मल्टीनेशनल फैक्ट्री खुलने के बाद और विद्यालय, महाविद्यालय की स्थापना के बाद यह स्थान हलचल से भरा रहने लगा। इन दिनों कुछ स्वयं प्रबंधन के पब्लिक स्कूलों की स्थापना भी हो गई थी। स्वयं प्रबंधन के एक "मधुमय पब्लिक स्कूल" का बड़ा नाम था। विशाल कोठियों की एक पूरी पंक्ति प्रबंधक ने ले रखी थी। उनमें से एक में छात्रवास था, बाक़ी में स्कूल। स्कूल की प्रबंधक मंगला मेहता उस स्थान के लिए सर्वथा नई थीं, लेकिन उन्होंने आते ही वहाँ के गणमान्य नागरिकों का एक सहभोज अपने यहाँ रखा। स्वयं जाकर हाथ जोड़कर आग्रह किया पधारने का। संदेश

था कि यह एक परिचय का माध्यम है। स्कूल पूरे समाज के लिए है, समाज का सहयोग ज़रूरी है। मंगला मेहता के चुम्बकीय व्यक्तित्व का यह पहला दिन था जो यादगार था। मंगला ने आगन्तुकों का पूरा ध्यान रखा। प्रत्येक व्यक्ति ने अपने आप को उनका ख़ास मेहमान माना। डॉ. सुधाकर और उनकी पत्नी भूमली ने तत्काल मंगला को अपने यहाँ डिनर पर बुलाया। प्रो. कनकलता के पत्रकार पति सारंग सिंह ने स्कूल तथा मंगला को हाईलाईट करने के लिए इन्टरव्यू के लिए समय माँगा। सारंग सिंह पटना राँची के प्रख्यात दैनिक के विशेष संवाददाता थे। मंगला मेहता ने सहर्ष समय दिया।

एक नई गहमागहमी सी छा गई उस स्थान पर। कनकलता ने अपने महाविद्यालय के कार्यक्रमों में मंगला को बुलाना शुरू कर दिया। गोया मंगला मेहता उस स्थान की एक आवश्यक धुरी सी हो गई।

भूमली अपने दो बच्चों में मसरूफ़ होती गई। डॉ. सुधाकर घूमते-फिरते मंगला के निवास पर जाने लगे। मंगला अकेली रहती थी। अन्य कोठी में जो विस्तार था, वह इस आवास में नहीं था, परन्तु सुरुचि सम्पन्न अवश्य था। डॉ. सुधाकर का इसके यहाँ आना दिनचर्या का अंग बन गया। छोटे स्थान में, थोड़े से पढ़े-लिखे लोगों में चर्चा का विषय बन गया। डॉ. सुधाकर अपने नर्सिंग होम से सीधे मंगला के घर जाते हैं। मंगला ने जो सामाजिकता प्रारंभिक दिनों में दिखाई थी वह अब कहीं तिरोहित हो गई थी। स्कूल का प्रबंध दो चार वर्षों में ही ढीला सा होकर सिमट सा गया था। बाहर से आये शिक्षक-शिक्षिकाएँ छोड़कर चले गये थे। स्थानीय लोगों के सहारे किसी तरह एक कोठी में स्कूल चलता। मंगला के रख-रखाव में कोई कमी नहीं थी। यहाँ तक कि मंगला ने नई गाड़ी ख़रीद ली थी जिस पर कई बार वह कलकत्ता शॉपिंग के लिए जाया करती। मंगला के कलकत्ता जाने का समय प्रायः वहीं रहता जब डॉ. सुधाकर का कोई सेमिनार होता। इन दिनों अस्पताल के प्रबंधन के कारण मूमली साथ नहीं जा पाती। मंगला का डॉक्टर के साथ जाना कनबतियों को जन्म देने लगा। वहाँ के एलीट ड्राईंगरूम में अक्सर चाय और स्कॉच की चुस्कियों के बीच इस प्रसंग पर चर्चा करते। डॉक्टर ने मंगला के स्कूल के प्रबंधन के लिये, निबंधन के लिए भूमली से कहकर कुछ धन दिलवाया था। स्कूल में अपेक्षित वृद्धि न हो पाई थी। उस शांत मनोरम तथा खुले स्थान ने बहुत सारे नवधनिकों को आकृष्ट किया था सो वे बड़े-बड़े

बैनर के स्कूल लेकर आ गये थे। मंगला की दिन-ब-दिन स्कूल के प्रति रुचि कम और अधेड़ रोमांस में अधिक होती जा रहा थी। परन्तु इस स्थान पर टिके रहने के लिए जैसे-तैसे स्कूल तो चलाना ही पड़ेगा। ऐसा भी सोचना जायज था। सुधाकर ने एक बार फिर भूमली से ही कहा—

"तुम मंगला को थोड़ा प्रबंधन क्यों नहीं सिखा देती हो भूमली?"

"क्यों क्या हुआ? वह स्कूल चला तो रही है।"

"कहाँ ठीक से चला रही है भूमली? उसे तो घाटा लग रहा है।"

"अपने काम पर कान्सन्ट्रेट नहीं कर रही है। सुधाकर, वह तुम्हारी बातों पर, हाव भाव पर, रवि ठाकुर की कविताओं पर ज़्यादा कान्सन्ट्रेट कर रही है। अपनी नयी सखी को समझाओ कि कुछ काम करें। तुम्हारे साथ कितना रोमांस करेगी, कब तक?"—भूमली ने हँसकर कहा। हँसने लगे डॉ. सुधाकर भी।

"तुम तो मेरी सखी हो, सब समझती हो।"

"हाँ, मुझे पता है, तुम्हें काव्य करने उसमें डूब जाने, इतराने, उतराने के लिए नयी नकोर-भावुक आँखें चाहिए। मंगला नहीं जानती।"

"मुझे तो इन्हीं आँखों में डूब जाने का शौक है।"—डॉ. ने भूमली के चेहरे को अपनी हथेलियों में भरते कहा।

"चलो, हम दोनों देर से बाहर हैं। कोई इमरजेन्सी हुआ हो तो? हटो, रोमांस मेरे साथ न करो अभी।"—भूमली ने पत्थर के ढोके से उठते हुए कहा डॉ. सुधाकर ने उसे हाथ पकड़कर फिर बैठा लिया।

"तुम बदल गई हो भूमली, हम यहाँ क्या सिर्फ़ नर्सिंग होम चलाने आये थे? याद है कोलकाता मेडिकल कॉलेज से दिन भर गायब होकर एक गाड़ी से आते, इसी पत्थर पर बैठकर क्षीणधारा निहारते, पलाश और शिरीश के फूलों को निहारते। शाम को लौटती गाड़ी से पहुँच जाते अपने ठिकाने पर। मुझे वही भूमली चाहिए।"

"सुधाकर, जीवन संग्राम है, समय जब रोमांस का था तब किया, शादी की, दो बच्चों की जिम्मेवारी ली, तुम इतने बड़े सर्जन बने, तुम्हारी ख्याति हुई तभी तो हमने क्लिनिक से नर्सिंग होम तक की यात्रा की?

"न तो मैं, न तुम समय लौटा सकते हो डार्लिंग हसबैन्ड।"

"मेरे अन्दर का कवि मर गया भूमली।"

"क्यों, अभी भी मंगला के साथ जिन्दा नहीं है?"—भूमली ने आँखे नचाते हुए कहा। डॉ. सुधाकर इसी अवसर की प्रतीक्षा में तो था। "उसका स्कूल बन्द हो रहा है, पटना लौट रही है। तुम क्यों नहीं पार्टनर हो जाती हो, सँभल जायेगा।"—तिरछी आँखों से देखकर कहा डॉ. सुधाकर ने।

"हूँ, तुम्हारे रोमांस के लिए मैं बालू में तेल गिराऊँगी? नर्सिंग होम का प्रबंध और पेशेन्ट देखने से मुझे छुट्टी मिलेगी तब तो मैं स्कूल देखूँगी। उस मंगला से कुछ न होने का। वह मैं नहीं कर सकती। न तो मैं बुरी डॉक्टर कहलाना चाहती हूँ न कमजोर प्रबंधक। मुझसे न होगा। चलो उठो।"—भूमली ने डॉ. सुधाकर का हाथ पकड़ कर उठाने का प्रयास किया।

"डॉ. भूमली, आप मुझ थोड़ी देर अकेला छोड़ दें। आपके पेशेन्ट वहाँ प्रतीक्षा कर रहे होंगे।"—सुधाकर ने रुष्ट होकर कहा। भूमली को या तो उसके रोष की परवाह नहीं थी या डॉक्टर होने का कर्त्तव्य-बोध प्रबल था कि वह उठकर नर्सिंग होम की तरफ़ चल दी। डॉक्टर बैठा-बैठा युक्ति सोचने लगा।

खाना चुपचाप खाया गया। भूमली ने टोका टाकी न की। डॉक्टर ने जुबान न खोली। बरतनों के खटर-पटर के अलावे कोई आवाज़ डायनिंग टेबुल से न आई। परन्तु बिस्तर पर एक ही कम्बल के नीचे लेटे दो प्राणी सहज न थे। "सुनो, तुम जैसा चाहते हो वैसा ही होगा। मैं मंगला का स्कूल अपने हाथों में ले लूँगी परन्तु उसे सिर्फ़ कुर्सी पर नहीं बैठना है क्लास भी लेना होगा। बोलो मंजूर है?"—भूमली ने कहा

"मतलब?"—डॉक्टर थे।

"हाँ वही, जैसा सुन रहे हो। कल अपनी गर्लफ्रेन्ड से पूछ लेना। मंजूर है तो मैं मदद करूँगी।"

"ठीक है, जैसा तुम कहो।"—डॉ. सुधाकर का दिल बल्लियों उछल रहा था। उसने भूमली को बढ़कर बाहों में भर लिया।

"बस-बस, ये मैं हूँ भूमली, मंगला नहीं। आवेश उसके लिए बचा रखो मेरे मिट्टी के शेर। भूमली ने अपने अन्दाज़ में डॉ. सुधाकर को आलिंगन में बाँधा कि तुम छूटकर कहाँ जा सकते हो डॉक्टर, तुम्हारी हर मर्ज की दवा यहाँ है, डॉ. भूमली एम.डी. के पास।

❖ ❖ ❖

अड़हुल की वापसी

चालीस साल पहले की कहानी का सुधी पाठकों को अवश्य स्मरण होगा। ठेठ कोसी क्षेत्र के गाँव की कहानी। अड़हुल और ओवरसियर साहब की कहानी , एकतरफा उद्दाम प्रेम और नदी के वेग सी उफनती धारा का समर्पण जो मौसम के दर्द सा टीस उठता मन में। दशकों पार आई है वह बेला जब फिर दोनों आमने-सामने हो गए। देखें आप कैसी है उनकी वापसी।

साहेब—

दोस्तों ने एक दिन भी चैन से बैठने कहाँ दिया, सेवानिवृत्ति के तुरंत बाद इस काम में झोंक दिया। राजधानी में भाँति-भाँति के सामाजिक और सांस्कृतिक संगठन हैं, कई जगह दोनों एक से हैं। तो भाई लोगों ने एक संगठन के इंतजामात में मुझे लगा दिया। दीघा घाट के पास वाले मैदान में बहुत बड़े-बड़े पंडाल लगे थे। बड़ी-बड़ी देंगे चढ़ी थीं। मसूर की दाल पक रही थी, परवल आलू की झोल पर तरकारी बन रही थी, बड़े-बड़े खाँचों में भात पका कर उड़ेले जा रहे थे। महिलाएँ ही महिलाओं को खिला रही थीं। पुरुष भोजन तैयार करने में लगे थे। अपने तरीके से सजी-धजी विभिन्न आयुवर्ग की स्त्रियाँ, गोरी-काली, लंबी नारी। मेरा काम था सबों के नाम के आगे टिक लगाने का कि किसने खाना खा लिया और किस नंबर की बस में रैली के बाद लौटने वाली है। हँसती-खिलखिलाती, बेलौस बतियाती ये सुदूर गाँवों से आई स्त्रियाँ थीं जो पटना के बाज़ार घूमना चाहती थीं। आपस में विचार कर रही थीं कि किससे पूछूँ किधर जाना चाहिए। मैंने उनकी मुश्किलें आसान करने के लिए अपनी ओर से पूछना उचित समझा—"आप लोगों को क्या ख़रीदना हैं ?"

"जी सर ?"—एक युवती ने हैरत से मुझे देखा।

"अचंभे की क्या बात है, मैं बाज़ार का पता बता दूँगा जो चाहिए वैसे बाज़ार में जाएँगी न!"

“जनानी वाला बाज़ार।”—एक बुजुर्ग स्त्री जो किनारे खड़ी थी, ने टनकदार आवाज़ में कहा।

“सामने वाली सड़क पर टेंपो ले लीजिए और सीधे पटना मार्केट के पास उतर जाइए। वहाँ आपके मतलब का हर सामान मिल जाएगा।” मेरे मन में आया कि सभी स्त्रियाँ इस शहर से अनजान हुई तो भटक जाएँगी। मेरी बात उन्हें रुची, वे आपस में विचार-विमर्श करने लगीं। मैंने जैसा सोचा था वैसी वे बेवकूफ नहीं थीं, उन्होंने अपने बस के खलासी को कह सुन कर तैयार कर लिया था। छह स्त्रियाँ जिनमें अधिकांश युवतियाँ थीं वे बाज़ार की ओर गईं। कुछ औरतें पंडाल के किनारे छतनार फालसे के पेड़ के नीचे निश्चिंत भाव से सो गईं। एक दुबली-पतली अधेड़ आयु की स्त्री मेरी ओर बढ़ आई।

“बाबू, ऐसा लगता है आप ओवरसियर साहेब हैं।”—उसने कहा तो मैं अनायास चौंक गया। मैं आज से पचीस साल पहले ही इस संबोधन से आगे बढ़ आया था। उस स्त्री की ओर गौर से देखा। साँवला-गोल चेहरा, काली पुतलियों वाली मोहक बड़ी-बड़ी आँखें, सुरेब भवें, माथे पर हल्का शिकन, आँखों की कोर पर भी बेहद झीनी सिलवटें। घुँघराली अलकों में सफ़ेदी।

“आप कौन हैं?”—मेरा गला सूखने लगा।

“हमारा नाम तो अभी तुरते न आप सही किए हैं, हम अड़हुल देवी सोनेपुर की, ई देखिए न— ” उसने गले में लटका अपना पहचान पत्र दिखाया। मैंने उसे पहचान लिया था।

“आपको कैसे पता कि मैं ओवरसियर था?” उसकी पहचान कहाँ तक जाती है यह जानने को मैंने प्रश्न किया।

“अब लो बाबू, आपको मैं कभी भूल सकती हूँ?”—उसके इस उत्तर ने इस उम्र में भी मेरे अंदर हलचल मचा दी। क्यों क्या याद है इसे? मैंने टालने के लिए पूछा कि क्या वह भी इस संगठन की सदस्या है? “नहीं बाबू, हमारा बेटा है, बहू बेटी सब है। हम पटना देखने आ गए।”

“तो तुम भी क्यों नहीं बाज़ार गई?”

“मुझे कुछ लेना नहीं है बाबू। दू बरिस से सिर का सेनुर उठ गया, अब क्या साज सिंगार ईहे चानी का दू दू गो चूड़ी रंड़सार के साथ भौजाई पहना गई थी, इहे है सिंगार। बेटी बहू खुद्दे आई हैं, गई ख़रीदने। भगवान उनका

सुहाग बनाए रखे।''—बातचीत का सिलसिला बन गया, मेरा मन जो पुरइन के पत्ते थरथराते जल की तरह चंचल हो रहा था वह स्थिर हो गया।

''क्या हुआ था तुम्हारे आदमी को अड़हुल?''

''कहाँ कुच्छो बाबू, जौंडिस हो गया था। देरी से पकड़ाया। आपके जैसा गोरा रंग था, जब पूरा पितरिया थारी जैसा हो गया तब हमलोग समझे। डाकदर के पास पहुँचे तो पानी चढ़ाने लगा मगर साफे बोल दिया आप लोग देरी कर दिए। दू दिन में खेला खतम।''—अड़हुल के चेहरे पर दुख के बादल घिर आए, बड़ी-बड़ी काली आँखों में आँसू तिर आए थे पर अपने स्वभाव के अनुसार उसने सँभाल लिया अपने आप को।

''कितने बच्चे हैं अड़हुल? तुम तो खेतिहर घर में ब्याही गई थी।''—मैंने प्रसंग बदलने के लिए कहा।

''हं बाबू, दो बेटा है और तीन बेटी। बेटी लोग भी खेती पथारी वाले घर में हैं। हमारे मालिक अपने जाँगड़ के बल पर दू बीघा से बढ़कर खेत का रकबा पाँच बीघा कर लिए। हम गौना होकर गए थे कि सास ने खेत अलग कर दे दिया था। सात बहिन के बाद मालिक दू भाई हुआ। एक बड़े भइया थे जो एमेले साहेब के साथे इहे पटना में रहते थे। उनकी औरत एक्को काम नहीं करती थी, हम जाते ही गाय-बैल का सानी-पानी, कुटिया-पिसिया सब करते। उ बैठी बैठी ठोलक छाप बीड़ी धुकती रहती। सास का गोड़ पकड़ के कभी नहीं बैठी। छोटका बेटा के साथे सास खेत पर पिठिया ठोक जाती। दुपहर में निमझान होकर लौटती। हम फुलही लोटा माँजकर तुरते घैलची से पानी भर के पीने देते। गोर हाथ धोके खाने को देते। मालिक हल बैल सरिया के अंगना आते। सास बहुत असिरबाद देती। भइया गाँव आए थे तब ही सास ने उनसे कहा था—

''रे बाबू, तुम्हारी लोक (लुगाई) ठहरी छैल चिकनिया, हाथ गोर में धूर नहीं लगने देती है, परंतु रहता है पटना त अकेल्ले छोटुआ आ छोटुआबो केतना जाँगड़ खटेगी? खेती दुनो भाई अलग कर लो।''—ख़ुशी ख़ुशी खेत का बँटवारा हो गया। भइया ने मालिक को ही खेत जोतने दे दिया। कहा कि फसिल होने पर बाँट के दे देना छोटे। दूनू भाई में प्रेम था सो निबह गया।''

''चलो अच्छा हुआ, पाँच बीघ ज़मीन कम नहीं होता है, फिर तुम्हारा गाँव कोसी के डूब क्षेत्र में नहीं है। तुम्हारे भाई लोग कहाँ हैं?''

''कहाँ जाएँगे बाबू, वहीं हैं। कोसी मैया एतना बालू लाकर झोंक दी कि खेत सब ऊँचा हो गया। चार-पाँच साल का तकलीफ़ रहा फिर बालू

उपजाऊ हो गया। धान मूँग मकई सब उपजता है।''

''जब तब बाढ़ आती है सो?''

''बाढ़ से कौन नुकसान है? बाढ़ के साथ फुलपांक आ जाता है खेती अच्छी हो जाती है बाबू। जादे आ जाता है तो माल जाल ढोर डंगर सहित बाँध पर आसरा ले लेते हैं। कौन पक्का मकान रहता है हम लोगों का, दसमी के ढोल बजने तक गाँव फिर आबाद!''

''कहीं-कहीं तो पक्का घर देखा है।''

''भरा भुरू के कोई कोई बना रहा है। किरपा कोसिका महरानी की।''

''तुम्हारे बच्चे कहाँ रहते हैं?''

''तीनों बेटी ससुरबास है। एक बेटा पुरैनिया तरफ़ स्कूल में पियून लगा है दुसरका गाँव में खेती करता है। अभी छोटी बेटी सबिया और बहू डिंपल बाज़ार गई है न!''

''ओह, बेटी बहू या तुम पंचायत में खड़ी नहीं हुई?''

''नः खेती से फुरसत नहीं है। बड़की बहू को सात बेटी हुई, उसका बियाह करते करते जाँगड़ थक गया, के पोलटिस करेगा। छोड़िए बाबू, अपना बताइए कएगो बाल बुतरू है मलकीनी कहाँ हैं? घर कहाँ बनाए?''—उसके इस आत्मीय प्रश्न ने मेरे अंदर एक आलोड़न पैदा कर दिया। एक मिले-जुले मनोभाव की गिरफ़्त में मैं फँस गया। सीधी रेखा की तरह चलती ज़िंदगी का त्रासद अंत मुझे हिला गया था। किसी तरह सँभला था पर इसके प्रश्न ने सारे के सारे जख़्म कुरेद दिए। सामने टेबुल पर रखे जग से मैंने पानी का ग्लास भरा और एक साँस में पी गया।

''गरमी शुरू हो गई है बाबू, पछवा का झोंका गला सुखा देता है, छने छन पियास लगता है।''—उसने गरदन घुमाकर चारों तरफ़ देखा अमराई में मंजर लदे थे। मैंने उसके 'पियास' बोलने पर गौर किया, वह बेहद सामान्य भाव से बोल गई थी। लेकिन उसका यह कहना मेरे जख्म पर मरहम सा लगा गया। मैं भी उसकी तरह निःसंग होने की कोशिश करने लगा।

''मेरे दो बच्चे हैं अड़हुल, एक बेटी जिसकी शादी हो गई। वह अमेरिका में है। एक बेटा है उसकी शादी होने वाली है। वह भी अमेरिका में ही रहता है। यहाँ हम अकेले हैं।''

"काहे बाबू, मलकीनी बेटा के साथ हैं? सतमसत एक उमिर में अपना जनमल जादे पियारा हो जाता है।"

"नहीं अड़हुल, वो रही नहीं, मुझे अकेला छोड़ ऊपर चली गई।"—मैंने उँगली ऊपर उठाकर कहा। "ऐं? क्या हुआ था बाबू?"—अड़हुल के चेहरे पर पीड़ा का भाव था। मैंने उससे अपनी पत्नी शलिनी की असाध्य बीमारी की कथा सपाट ढंग से सुनाई। जितना ख़र्च करना था मैंने किया, जहाँ-जहाँ ले जाना था ले जाया गया परंतु पेट का कैंसर तीन माह के अंदर उसे मुझसे और अपने लाड़ले बच्चों से दूर ले गया। उसके जाने के बाद ही हमने बिटिया की शादी की, उसे विदा किया। बच्चे मेरे अकेलेपन को लेकर बेहद चिंतित रहा करते हैं। मेरे इस संगठन में अपने मित्र कन्हैया जी के साथ लग कर काम करने से वे थोड़े निश्चिंत हुए। मैंने सब कुछ तो अड़हुल को बताया परंतु यह नहीं बताया कि उसके ससुराल जाने के बाद कितना टूट गया था। उस भोली-भाली समर्पिता को मैं दिल से चाहने लगा था, कि न दिन को चैन न रात को नींद आती थी। नौकरी से छुट्टी लेकर घर में बैठ गया था। चाचा जी ने डॉक्टर से दिखाया, कि उन लोगों को भ्रम हो गया कोसी के किसी कीड़े ने काट लिया। मैं चुप रहा क्योंकि उस कीड़े के काटे का इलाज डॉक्टर के पास नहीं। मैं हतवाक् होकर अड़हुल की बरसती हुई आँखें देख रहा था। अपना दुख सुनाकर वो स्थिर थी पर मेरी त्रासदी ने विचलित कर दिया।

अड़हुल—

जब ओवरसियर साहब हम लोगों का नाम पूछकर काग़ज़ पर सही कर रहे थे तभी हम उनको पहचान गए। भीड़भाड़ में कुछ पूछना नहीं चाहते थे। मन में यह लालच भी था कि वे अपनी तरफ़ से ही मुझे पहचान लें। लेकिन सो नहीं हुआ। होता भी कैसे, पचीसों तीस साल बीत गया है, शायद उससे भी ज़्यादा, कैसे कोई पहचान लेगा। जब साहब हमारे गाँव में देवदूत बनकर आए थे तब हम लहुक वयस के थे। इहे पंद्रह सोलह साल के थे। साहेब भी दुबले पतले नौजवान थे। बाढ़ में इलाके भर के गाय भैंस, आदमी औरत को बाँध पर पहुँचाए, रह गई मेरी नानी और हम। रात हो गई थी। कोसी की बाँध की तरह हमारे तन मन के बाँध भी टूट गए थे। कुछ दिन हम शरम से भागे-भागे रहे फिर गौने का दिन धरा गया। मैया तो थी नहीं। गौना की साड़ी धोती

रँगने का काम, पौती पेटारी साँठने का काम खुदे करना पड़ा। बाबू ने जब कहा कि साहेब से मिल आ बुलाया है तब मन में उनके लिए बड़ा प्यार उमड़ा। जहाँ गौने होकर जाने वाली थी उस दुल्हा की याद नहीं, सुना कि छोटे में दूध छुड़ाकर शादी करने आया था। घरदेखिया लाठी से नाप कर जोड़ी तय किया था। खेती किसानी वाला घर का था, दू जोड़ी बैल था बथान पर, बड़ा आँगन था, चार भाई का भइयारी था। गौना होते-होते भइयारी बँट गया था। हमारे ससुर जी मर गए थे, सासुजी बेटी लोगों का ब्याह कर गौने पर भेज अकेली पड़ गई थीं। बड़की बहू को लाने के तुरते बाद हमको भी बुला लिया। सासुजी कहतीं—

"तू बिना माए के बेटी बुरबक होगी, हमारे पर आ जाएगी तो हम हेत-कुहेत सिखा देंखे, लेकिन तू तो बड़ी अकलमंद निकली। सब कुछ सीखी पढ़ी है।"—हमने उनसे बताया कि अकेली लड़की घर में थी कौन करता गाय बैल का सानी-पानी, कौन करता साग भात, कौन नानी का, बाबू का देह-नेह करता, हम सब सीखते तभी तो करते। मैया रहती तो लाड़ लड़ाते, अकेले किस पर लड़ाते लाड़? सासु माँ बहुत मानती थी, जो हम नहीं जानते थी, सब सिखा पढ़ा दी। हमारे मालिक बड़े संकोची थे। बहुत दिन तक घर में सोने नहीं आए। दालान पर ही संघतिया लोगों के साथ सोते रहे। सासु माँ ने जेठजनी से कहा था मुझे याद है...

"बड़की तू छोटका को काहे नहीं रात को घरे में सोने कहती है?"—जेठजनी फिक् से हँस पड़ी थी। सासु माँ ने उन्हें डपटकर कहा था कि—"हँसती क्या है, भौजाई है तू ही न उसे घर देगी, हम तो माई हैं कहना सुहाएगा?"

बड़की घेरघार कर मालिक को घर पहुँचा गई, मेरे हाथ में तेल की कटोरी पकड़ा गई कि उसके पैर में तेल लगाना होगा। सासु माँ ने कहा कि—

"देख छोटकी चट से बोल न देना। मैया थी नहीं कोन बताए, हम ही बताते हैं—मुँहबजाई लेना। हम उसको दूलड़ी का चाँदी चेन दिए हैं तेरे लिए। और हाँ, हम तेरे ससुर को मालिक कहते थे तू भी यही कहना, समझी?"—हम तो लाजे कठौती हो गए। उ आया ओर चौकी पर सो गया। थोड़ी देर हम देखते रहे फिर चुपचाप उसके पैर में तेल लगाने लगे। पैर समेट कर बैठ गया, हम हाथ समेट के बैठ गए। हाथ पकड़कर चौकी पर बैठा लिया और

बोला—"हमको बहुत लगता था कि कैसे तुमरे पास घर आएँ।"—हम क्या बोलते!

"मुड़ी ऊपर उठा के देखो न, हम भी तो देखें कैसा चेहरा है? बच्ची थी तब एकदम्मे गुलभंटी थी अभी तो सुरेब शरीर है। जरा पास आओ न!"—कब हम पास आए, कब एक हो गए यह जान ही न पाई। घर घरुआर में कहाँ जान पाई कि कब तीन गो बेटी और दू गो बेटा हो गया। जीभ दाँत कुँचा गया। ओह कुछ गल्ती हो गया क्या? आँख पनिया गया। साहेब न देख लें सोचकर पोंछ ली झट से। तीन बेटा था न, एक छोटका बेटा किसी के साथ शहर गया कमाने, फिर लौट कर न आया। कहाँ भुला गया कुछ पता न चला। वह पटना से दिल्ली, दिल्ली से पंजाब तक चला गया यह सुना था पर मिला ही नहीं। शुरू में लोग चिढ़ाते—"तुम्हारे बेटे को त देखा है, झोंटा बढ़ाए, चिमटा लिए, कड़ा पहने खालसा पंथ में शमिल हो गया है।"—सुनके, रो के रह गए। अब तो भूल भी गए कि तीसरा भी बेटा है। कभी-कभी मन में आता कि अगर साहेब मिल जाते तो उनसे कहकर खोजते बेटा को, पर साहेब का पता भी तो नहीं मालूम था। आज जब इनको देख रही हूँ तो कितना पानी कोसी गंगा में बह गया। अब कैसा होगा वह मेरा दुबला पतला गोरा बेटा, उसके गोरे रंग पर बड़ा गुमान था। वह तो सचमुच किसी पंजाबी के रूप में खप गया होगा। दाढ़ी और बाल में उसे कैसे पहचानूँगी। उसकी चिड़िया जैसी मीठी आवाज़ तो अब होगी नहीं। ओह, क्यों सब सोचने लगी। साहेब हमको नहीं पहचाने तो क्या हुआ, हम ही टोकते हैं उनको। बहुते अच्छा लगा उनका दुख सुख जान के, अच्छा क्या लगा तकलीफ़ ही हुई। पर गोंसाई साहेब के आगे किसी की चलती है क्या? मैंने अपनी आँखें पोंछी।

"साहेब, तब अकेले घर में हैं? खाना, पीना, सेवा सुश्रुषा?"—साहेब हँसे।

"तुम भी, अड़हुल उसी में उलझी हो? एक लड़का है जो साफ़ कर देता है और खाना भी बना देता है। सुबह सात बजे आता है, चाय, नाश्ता बनाकर खिलाता है, ख़ुद भी खाता है। दिन के लिए दाल-सब्जी बनाकर रख देता है, चावल मैं ख़ुद बना लेता हूँ। वह दस बजे स्कूल चला जाता है। शाम को फिर चार बजे आकर हमारी रोटी सेंक कर डब्बे में रख, चाय पिला चला जाता है। मैं उसे रविवार को हफ्ते भर की पढ़ाई करवा देता हूँ। लड़का जहीन है।"

"अकेले रहते हैं?"

"दोस्त, मित्र, साथी संगत है न, रेडियो टेलिविजन है, अकेले क्या हैं?"

"फिर भी हारी बीमारी में क्या होता है?"

"तब वह लड़का रहता है।"

"अभी चलिए साहेब हम आपके घर चलते हैं, देखें कैसे रहते हैं आप?"

"अभी? अभी तो इस काम में जुटा हूँ। तुम लोगों को बस में चढ़ाकर ही निश्चिंत होऊँगा।"

साहेब—

सबों को बस में चढ़ाकर मैं मुड़ा कि अब साथियों से दुआ सलाम कर घर जाऊँ। रैली सफल सुरक्षित गुज़र गई। पीछे मुड़ते ही देखा अड़हुल कैनवास का झोला पकड़े खड़ी थी। मैं चौंक गया, यह छूट गई क्या? लेकिन उसके चेहरे का शंत भाव बताता है कि वह सायास यहाँ खड़ी है मेरी प्रतीक्षा में।

"तुम गई नहीं? तुम्हारी बस तो चली गई।"

"हं साहेब, हम दुलहिन को बेटी को समझा के विदा कर दिए। आप अकेले हैं, कैसे छोड़ के चले जाएँ?"—जी में आया उसे डपट दूँ कि मैं तुम्हारी जिम्मेदारी नहीं हूँ। पर ऐसा उससे कह नहीं सकता, अभी तो यह मेरी ज़िम्मेदारी बन गई। उसका गाँव-ठाँव आजकल की सुविधानुसार मोबाइल नंबर सब है, भेजना तो होगा पर अभी घर ले जाना होगा। मैंने अपने साथी से कहा कि यह पुरानी परिचित है, मेरे घर पर रहकर चेकअप कराएगी, चलता हूँ। उसे लेकर घर आया। वह मेरे चार कमरे के घर को घूम-घूम कर देखती रही। सब कुछ करीने से लगा देख ख़ुश हुई। सहायक लड़का किशोर से काफ़ी जानकारी ली, कुछ हिदायतें भी दीं। मैं उसके साथ थोड़ी देर बात कर फिर सहज हो गया। वह बेहद सामान्य सहज मुद्रा में थी।

"अड़हुल, अब तो तुमने देख लिया न, मैं कितने सुख से रहता हूँ। चलो तुम्हें बाज़ार घुमा लाऊँ फिर तुम्हारे गाँव छोड़ आऊँगा।"—मैंने अड़हुल से कहा। वह तैयार हो गई। देखा अपने लंबे खिचड़ी बालों को समेट कर जूड़ा बना लिया था। अभी भी इसके केश लंबे और घने हैं। रंगीन छींटदार साड़ी पहन रखी थी। हाथों में वही दो-दो चाँदी की चूड़ियाँ। गले में काले रेशम धागे की माला जो इसने ज़रूर अपने ग्रामीण मंदिर के मेले में ख़रीदी होगी।

गाड़ी में बिना हिचक अड़हुल मेरे पार्श्व में बैठ गई मानो यह उसका रोज़ का रूटीन हो। गाड़ी चलाते-चलाते मैंने पूछा—"यह काले रेशम का धागा अब भी पहनती हो?"—मुझे याद है चाँदी की हँसुली के साथ भी यह धागा पहने रहती। वह मेरी ओर देखकर आँखों में ही मुस्कुराई।

"कहाँ से लिया है, कुशेश्वर स्थान से कि देवन वन से?" उसने लंबी साँस ली।

"कहाँ देवन साहेब? वह तो कोसिका के पेट में गई।"

"क्या? उतना बड़ा मंदिर?"

"नहीं तो? कोसिका के उत्फ़ाल के आगे बड़ा क्या, छोटा क्या? छोटा को तो बकस भी देती है बड़ा को पहले चप्प डूम। ई हम कह किसको रहे हैं, आप खुदे सब जानते हैं।"—मैं पुनः उस अंतराल को पार करना नहीं चाहता था, मैं कुछ याद करना नहीं चाहता था। लेकिन कोसी बाढ़ और एकांत जान बूझ कर हमारे बीच आ धमकता।

"फिर कहाँ ख़रीदा? एंटिक पीस है।"

"बाबाधाम से ढेरेक ख़रीद लाए थे बाबू। हमको छोड़कर कोई नहीं पहनती है, सो है।"—वह निर्लिप्त भाव से कह गई।

बाज़ार से उसने किसी के लिए कुछ नहीं ख़रीदा। मेरे बहुत टोकने पर कहा कि टॉफी चॉकलेट कुछ ले दूँ। मैंने कई पैकेट भाँति-भाँति के चॉकलेट्स ख़रीद दिए। अड़हुल खोई-खोई सी थी। दूसरे दिन सुबह-सुबह हम उसके गाँव की ओर अपनी कार से चल पड़ थे। बेहद चिकनी चौड़ी फोरलेन बीच-बीच में फूलों की क्यारियाँ, लाल और पीले कनेरे, बोगन, बेलिया और कहीं-कहीं अड़हुल का पीला लाल फूल। भागती गाड़ी और साथ छोड़ते वृक्ष गुल्म लताएँ इसे चकित कर रही थीं। यह दृश्यावलियों को मानों आँखों ही आँखों में आत्मसात करना चाहती थी। गाँव पहुँचते-पहुँचते साँझ ढलने लगी थी। सड़कों के किनारे के गाँव में भी गडढुकानी का समय होने के कारण हलचल सी थी। उत्तर बिहार के गाँव की एक विशेषता है कि अभी भी घर अधिकतर छप्पर वाले हैं, कोंहड़े-कद्दू और भतुआ छप्परों पर अलसाए से पड़े होते। केले के झुरमुट कि धुएँ की लकीरें आकाश छू रही हैं। दो-तीन जगह भड़भूजा का चालू चूल्हा देखा। अभी भी लड़कियाँ वहाँ अपना अन्न लेकर खड़ी दिखीं।

जब अड़हुल के दालान पर गाड़ी रुकी तब सारा गाँव सिमट आया।

उसकी बेटी ने बच्चों को भगाने की कोशिश की—"हटो तुम लोग तमेसा है क्यों? बाइस्कोप? देखने चले आए!" अड़हुल की पोतियों ने गाड़ी की चमक में अपना चेहरा निहारते बच्चों को परे हटाया और पहरा सा देने लगीं। थोड़ी देर में बहू ने ट्रे में सजाकर बढ़िया कप प्लेट में चाय और बिस्किट लाकर मेरे सामने के प्लास्टिक वाले चौकोर मेज़ पर रख दिया। घर में कोई पुरुष नहीं दिखा। चाय पीकर मैंने कहा—"मैं अब लौटता हूँ। चलूँ।"

"ऐसे कैसे जाइएगा अंकल? भइया को आपसे मिलने की बड़ी इच्छा है, उन्हें आने दीजिए।"—बिटिया ने कहा

"कहाँ है तुम्हारा भइया?"

"हाट गया है, प्याज गाड़ी पर लेकर बेचने। आता ही होगा। हमारा बैल घरमुँहा ख़ूब रमक कर चलता है।"

"फिर भी बेटा, बैल तो बैल हैं। मुझे देर हो जाएगी।"

"आपको आज जाने कौन देगा? हम लोगों का मन मानेगा क्या?"

"अरे क्या कहती हो?"—लेकिन मेरी एक न चली। दालान की कोठरी में मच्छड़दानी लगाकर नई चादर बिछाकर, नया तकिया गिलाफ लगाकर उन्होंने मुझे वहाँ रुक जाने, सोने को बाध्य कर दिया। अड़हुल का बेटा गाँव के खादी भंडार से नई लुंगी और गमछा लेता आया। भागने की गुंजाइश ही न छोड़ी। घरों में नया-नया शौचालय बना था। मैं उनके आतिथ्य से एक बार पुनः भाव-विभोर हो गया। अड़हुल महीयसी सी बैठी सब पर नज़र रख रही थी।

"तुम्हारा गाँव तो आधुनिक हो रहा है बेटा"—मैंने आह्लाद से कहा।

"कहाँ अंकल, स्कूल में ठीक से न पढ़ाई होती है न खाना ही मिलता है, वह भी एक हाईस्कूल तक नहीं है। हमारे गाँव से एक भी औरत आँगनबाड़ी सेविका, सहायिका नहीं है न आशा कार्यकर्त्ता है। बहुत लड़-झगड़कर एक पंचायत मेंबर है। क्या आधुनिक होगा?"—बेटे ने एक साँस में दुख बयान कर दिया।

"हमारी संस्था तुम्हारे यहाँ आकर ज़रूर कोई न कोई केंद्र खोलेगी मैं कहूँगा। तुम लोग जागरूक हो, अधिक हो जाओगे। सरकार पर निर्भर रहने की बहुत ज़रूरत नहीं है।"

"आप भी आएँगे न!"—बेटा उत्साहित था। उसका अपना कोई स्वार्थ नहीं था, वह अपनी किसानी से सुखी था। उसके घर की स्त्रियों ने भी पाँचवीं

पास कर लिया था। यह गौरव की बात थी। "कभी-कभी आ सकता हूँ।"—मेरे मन में था कि सेंटर का इंचार्ज मैं ही क्यों न रहूँ? परंतु इस सारी बातचीत में शमिल अड़हुल ने एक बार भी आग्रह न किया। वह एक बारगी निःसंग, निर्लिप्त सी बैठी रह गई। मैं सुबह के नाश्ते के बाद झटके से उठा और चल पड़ा।

अड़हुल—

घर पहुँचते-पहुँचते मेरे अंदर सालों पहले की अड़हुल जाग कर बैठ गई। मेरा रोयाँ इस उमर में भी खड़ा होने लगा। कलेजा धक-धक करने लगा। यह क्या हो रहा है। साहेब के बगल में बैठी तीन घंटे से मैं नया जनम नहीं पुनरजनम लेने लगी। हाय राम!

जब उन्होंने कहा कि वे लौट जाना चाहते हैं तो राहत की साँस ली लेकिन ये बच्चे भी न, अंकल-अंकल कह कर उन्हें रोक दिया। आगत स्वागत किया सो ठीक पर मेरा मन चंचल हो रहा था। मेरा भोला-भाला बेटा उनसे यहाँ रहने की, केंद्र खोलने की सिफारिश कर रहा है। मैं तो पगला जाऊँगी। साहेब की मंशा क्या है, नहीं मालूम। वे भी केंद्र खोलने की बात पर हामी भर रहे हैं। उनके लोग बहुत दिन से आवाजाही करते रहे हैं। अब ये रहकर इलाके का हेतु देखेंगे। अपने मन में सोच रही हूँ कि अगर ये रहने को तैयार होंगे या जादे आवाजाही करेंगे तो हम पुरैनिया दूसरे बेटा के पास चले जाएँगे। काहे तो मन घबड़ा रहा है।

साहेब गाड़ी पर बैठ गया, भर नज़र हमारी ओर देखा, हाथ उठाकर बोला—"अच्छा अड़हुल, हम जाते हैं, तुम्हारा गाँव घर बच्चे सब याद रहेंगे। जल्दी ही लोग आएँगे केंद्र खोलने। मुझे बच्चों के पास विदेस जाना है।"—अपने आदत के अनुसार हमने आँचल से मुँह ढँक लिया—जानते है क्यों, इस हमारे गाँव में बाल बुतरू के सामने नाम धर के पुकारे इसीलिए, यह मेरा नैहर थोड़े न है। लेकिन जी हल्का हो गया। गाड़ी नज़र से दूर चली गई।

** यह कहानी उस अड़हुल और ओरवसियर साहेब की है जिनकी आशनाई चालीस साल पहले कोशी के बीच पनपी थी और दफन हो गई थी। समय कैसे-कैसे क़िस्से उखाड़ लाता है देखिए गुनिए।*

अब्दुल तांगा वाला

"ओ बाबू"—तेतर ने कहा कई बार "क्या कह रहे हो ?" तब से बाबू-बाबू कर रहे हो ?—बाप पुनहद वाले ने कहा। वही तेतरा का बाप था, तीन बेटी के बाद जन्म लेने वाले का नाम तेतर ही पड़ जाता है। वह जिस साल जन्मा था पुनहद गाँव में बहुत बाढ़ का प्रकोप था। बहुत दिनों तक पानी नहीं भागा। खेत तैयार न हो सका। पुनहद वाला रमजानी मियाँ कोई फल और मौसमी सब्जी नहीं लगा सका। उधर कोसी नदी के पेट में बाढ़ आई औ गई। कोसी नदी के किनारे पुनहद वाले की ससुराल थी, सुन्नत में वे साले के यहाँ आए थे। उन्होंने पाँक वाली महीन धरती तैयार देखी। वे लोभ में पड़ गए। लगा धरती उन्हें निमंत्रण देकर बुला रही है।

"ओह, इस ज़मीन पर फूट, ककड़ी, तरबुज्जा-खरबुज्जा आबाद किया जाय तब, बहुत फलेगा।"—विचारा मन में। अपने मन की बात उसने अपने साले छेदू मियाँ से की।

"ओ मेहमान, हम सब तो पदवी के लिए केवल कुजरा हैं, टाट पर खीरा जो उपजता है वह भी आपकी सरहज ही रोपती है। आप जितनी चाहें ले लें ज़मीन और उपजावें तरकारी।"—छेदू ने कहा। गाँव में कोई बात छुपाए नहीं छुपती है सो सबों ने सुना और इसका स्वागत किया। बड़ी मालकिन ने सुना, सुनकर अपने पास बुलाया। पुनहद वाले मेहमान जी आए, अपनी चारखाना गमछी मालकिन के चरणों पर रख कर सलाम किया।

"मेहमान जी, हम आपको सलामी देना चाहते हैं। मुझे मालूम है कि आप बड़े जानकार कुजड़ा हैं। हमारे गाँव की ज़मीन आपको पसंद है। नदी किनारे वाली मेरी ज़मीन जोत कोड़कर तैयार है, आप चाहें तो आज ही एक बीघा या उससे ज़्यादा जो चाहें ले लें। काम शुरू कर दें। देर हो रही है।"—उन्होंने कहा। उनके सहायक पंचू ने जाकर ज़मीन नाम कर अलग कर दिया। पंचू ने कहा— "मेहमान, ज़रा सोच-विचार कर लें कि इसी से काम चलेगा

कि नहीं? चाहें तो दो बीघा नाप कर अलगा दूँ?"—पर पुनहद वाले मेहमान रमजानी मियाँ ने एक बीघा ज़मीन पर खेती की। बीज रमजानी मियाँ के पास था, खेत तैयार था बीबी डोमनी और बेटियों की मदद से खेती कर ली। कमैनी पटौनी सुविधा से हो गया। एक बार वह अपने गाँव पुनहद गया अपने चचेरे भतीजों को बुलाने। पर गाँव में रोजगार नहीं होने के करण वे बंगाल की ओर चले गए थे। रमजानी मियाँ ने खेत अगोरने के लिए वहीं मचान बाँध लिया। अपने साले छेदू के घर के बाजू में एक घर भी खड़ा कर लिया। सीजन आते ही खेत मानो खिलखिल कर हँस पड़ा। तरबूज, खरबूज, ककड़ी बतियाँ बेचते-बेचते थक गया। खेत में ही पककर पट जाने वाले फूट जाने कितने राहगीर और चिरई चुनमुन की क्षुधा शान्त करता रहा। अब रमजानी दो से तीन बीघे में सब्जियाँ भी लगाने लगा। अब डोमनी और रमजानी पुनहद छोड़ वहीं रहने लगे। जिस तिलयुग्म बाँध पर पूरा गाँव बसा था वहीं अपने साले के घर के बगल में थोड़ी और ज़मीन भर कर अलग से आँगन और घर कायदे से बना कर रहने लगा। बाँस को चीर कर मजबूत पटई और सिकहर लेकर दोनों ओर सब्जियाँ लाद कर टोकरे में जाता। मजानी हटिया पर बेचने। अधिक वजन हो तब बैलगाड़ी पर लाद कर बाज़ार पहुँचने लगा। दो बेटियों की शादी हो चुकी थी जिसकी रुख्सती कर दी बड़े ताम-झाम से। तेतर और छोटी बेटी की शादी के लिए एक ही घर में गोलट रिश्ता तय किया, फूल पान भी चढ़ा दिया गया। अब सब्जियाँ तथा मौसमी फल इतना उपजा लेता कि स्थाई रूप से बैलगाड़ी रखता। तेतर युवक हो गया था। उसकी शादी हो गई। रुख्सती में आए समधी ने कहा—"समधी जी बड़ी सब्जी मंडी आसापुर में है, क्यों नहीं वहीं थोक सब्जी दे आते हैं। सामान तौलाया दाम बटुए में लिया। जमालपुर हटिया पर सुबह से शाम तक मक्खी मारने की ज़रूरत ही नहीं।"—यह बात सब को जँच गई। समधी के संग साथ का बिचौलिया तय हुआ। अब घोड़े जुते। टमटम पर टोकरा टोकरी, बक्कू बोरे में लादकर सब्जी आसापुर जाने लगा। बहुत आफियत हो गई थी। एक खेत में कोंहड़ा ख़ूब फला था। पर कोंहड़ा ले जाने को टमटम वाला तैयार न हुआ। उसने कहा—"मैं कोंहड़ा न लादूँगा।" "क्यों भाई?"—रमजानी मियाँ ने पूछा।

"न कहा तो न समझो।"

"अरे हम बक्कू में कस कर बाँध देंगे।"

"नहीं यार, हम टोटका मानते हैं। मेरा घोड़ा बीमार पड़ जाएगा कोंहड़ा लादने से।"—वह अड़ गया।

"घोड़ा को क्या पता कि कोंहड़ा लदा है कि कोबी?"

"मैं जानता हूँ न, बस हो गया। काहे बकवाद करते हैं।"

"हम कई बार बैलगाड़ी में लादकर जमालपुर हटिया ले गए बेचने; बैल कहाँ कभी बीमार हुआ। तुम भी हद करते हो।"

पुनहद वाले रमजानी मियाँ ने कहा पर कुछ न हुआ। उसने बैलगाड़ी जोती और वादीमा लादकर बाज़ार गया। एक दिन का काम ढाई दिन में सम्पन्न हुआ। ऐसे ही समय में तेतरा ने कहा—"ओ बाबू..."

"कह न रे, क्या रट्टा लगा रहा है?"

"एक टमटम ख़ुद कसवा लें तो कैसा रहेगा?"—पुनहद वाले रमजानी ने भर आँख अपने बेटे की ओर देखा। बेटा जवानी की दहलीज पर क़दम रख रहा है। मूँछों की पम्ही काली हो रही थी। हल जोतने लगा था। लत्ती-फत्ती रोपना इसे अच्छा लगता है। जिस खेत में तेतर आलू रोपता था, मिट्टी चढ़ाता था वह ख़ूब उपज देता। इसी के कहने से पपीता की खेती किया रमजानी मियाँ ने, ख़ूब फल निकला, अच्छी आमदनी हुई। पर टमटम करवाना?

"अरे बेटा, सिर्फ़ टमटम करवाने से क्या होगा? घोड़ा भी ख़रीदना पोसना होगा।" कहा बाप ने।

"क्या होगा, गाय बैल, भैंस, बकरी रखते ही हैं, घोड़ा भी पोस लेंगे।"—रमजानी मियाँ को सही लगा। घोड़ा टमटम का प्रबंध हो गया। अब ख़ुद तेतर टमटम हाँककर आसापुर मंडी बेच आता। किसी की ख़ुशामद की न ज़रूरत थी, न कोई इन्तज़ार था।

इस गाँव के कुजरा सारे खेतिहर रहे, घर की दीवार बनाने में माहिर रहे। न तो कभी सब्जी तरकारी की फसल लगाई न बेचा। पुनहद वाले मेहमान रमजानी ने आकर सारे कायदे बदल डाले। कुछ पासवान इसी के साथ सब्जी उपजाने लगे और आसापुर मंडी जाकर बेचने लगे। तेतर घोड़े की ख़ूब सेवा करता। उसकी खाल चमकती, गले में तरह-तरह के मोती मनके होते। चलता तो घुँघरू बज उठते। तेतर के ममेरे भाई लोग इसे तांगावाला पुकारते। पर तेतरा को यह सुनाना बुरा नहीं लगता। टमटम इक्के पर गाँव की कई बेटी-बहुओं की विदाई हुई। जब सवारी गाड़ी चलती तब उस पर चादरें तान दी जाती।

सब कुछ अच्छा चल रहा था कि एक दिन बहुत साधारण बुखार में ही रमजानी मियाँ चल बसे। रमजानी मियाँ ससुराल की कब्रगाह में ही दफ़न किए गए। पुनहद से कुछ भतीजे आए थे। अब घर में सिर्फ़ तेतर और डोमनी रह गए थे। बहू की रूखसती कराके अब लाना पड़ेगा डोमनी ने सोचा। गौना तो हो ही चुका था पर अभी छोटी उमर थी सो नैहर में ही थी। तेतर पिता के नहीं रहने से वयस्क हो गया। उसकी दुलहिन स्थिर स्वभाव की थी। आँगन का सारा काम उसने सँभाल लिया था, डोमनी निश्चिंत होकर खेत जाती। तरकारी के खेत में अधिक रखवाली करनी होती। घर जब सँभल गया तो इलाका तबाह हो गया। खेतों में बाढ़ का पानी स्थाई रूप से रहने लगा। धान-मकई की खेती भी मार खा गई, सब्जी-तरकारी को कौन पूछे? तेतर की आमदनी का ठोस सहारा टमटम ही हुआ। अकेला आदमी कहीं बंगाल, नेपाल रोजी कमाने नहीं जा सकता था। घर में कोई नहीं। एक बूढ़ी अम्मा और जवान बीबी। टमटम कोसी तटबन्ध के उस पार रखता। कमाई भर ही होता, इलाका जल-जमाव के कारण दरिद्र हो गया था। बथान सूना हो गया था। माल-मवेशी मर खप गए। खेत नहीं तो बैल कहाँ और क्यों रखेगा? बकरी ज़रूर थी अब तक। ऐसे ही दिन टमटम चलाते बीत रहे थे। ब्लॉक ऑफ़िस के पास हर साल की तरह इस बरस भी दो हेल्थ कैम्प लगे। एक आँखों के मोतियाबिन्द ऑपरेशन का दूसरा नसबंदी का। गाँव इलाके में पाँच-छः बच्चे पैदा करने के बाद लोग नसबंदी कराने की सोचते परंतु तेतर ने सिर्फ़ तीन बच्चों के बाद ही अपनी बीबी की नसबंदी करा दी। अम्मा ने समझाया भी कि इतनी जल्दी क्या है पर तेतर नहीं माना। तेतर ने अपने बेटे अब्दुल का नाम ब्लॉक वाले सरकारी स्कूल में लिखवा दिया पर गाँव के स्कूल के सारे बच्चे थोड़े से अक्षर ज्ञान के बाद पढ़ाई छोड़ देते। अब्दुल ने भी वैसा ही किया। इस बार उनके टमटम को खींचने वाली घोड़ी थी। अब्दुल घोड़ी पर पूरी मेहनत करता। तेतर थोड़ा थक-सा गया था। अब्दुल सब कुछ सँभाल लेने के लिए बेताब था। एक दिन उसने कहा—"ओ अब्बा, इस उलार टमटम की जगह ताँगा कसवा लो। अच्छी सवारी गाड़ी हो जाएगी। अब कोई कोंहड़ा-कद्दू तो लादना नहीं है"—अब्दुल नए फैशन के अनुसार बाप को अब्बा और मैया को अम्मा कहने लगा। तेतर अपने बाप को टमटम का विचार दे चुका था। आज इसका बेटा ताँगा लेने का विचार दे रहा है। पहले की कमाई से रमजानी मियाँ ने दस कट्ठा उपजाऊ

ज़मीन ख़रीदी। घर बनाने के लिए जगह भर कर ऊँची की आँगन और कोठरियाँ बनाई। बीबी और बहू को चाँदी के भारी गहने ख़रीद कर दिए। सोलह चाँदी के रुपयों की माला, सवा सेर की हँसुली, कटवी पिटवी गुज्जा लगा था। जौसन बाजूबन्द और गोप बोला था सुच्चा चाँदी का। नाक में नथिया बुलाकी सोने के थे और दोनों कानों में चार-चार सोने की बालियाँ लटक रही थीं। डोमनी बाली बुलाक छोड़ कोई गहना नहीं पहनती। पुनहद वाले के पूछने पर कहती कि इतने गहने पहनना भारी लगता है। बाजूबंद का गुज्जा हिलता-डोलता है तो गुदगुदी लगती है। कमैनी करूँ कि गहने लादूँ? दोनों इस पर हँसकर रह जाते। बीकार में गहनों की पोटली रख दी थी। फिर भी बीनों मज़ाक करता—"अरी डोमनी दीदी, रात के अँधेरे में कोई तुम्हारी बाली नोंच ले तो क्या करोगी?"

"अरे दहिजरा, तू ही नोचेगा और कौन?"

"नहीं दीदी, तेरा मैं क्यों नोचूँ कोई चोर उचक्का"

"तुझ से बड़ा कौन उचक्का है?"—इस तरह की हँसी मसखरी होती रहती यूँ ही।

अब्दुल ने उसी पाँच सेर चाँदी को सूद पर देकर रुपए लिए तथा ताँगा कसवाया।

"दीदी, पोते ने कहा तो सारे गहने दे दिए, मैं कहता तो देती?"—तेतर, जो ननिहाल में रहने के चलते अम्मा को दीदी कहता, ने कहा।

"दिन का फेरा है बेटा, एक दिन तुम लोगों ने ही क्या कर दिया था, आज पोता माँगा क्यों न दूँ। फिर दिन पलटेगा। वह अरज लेगा।" ताँगा पूरी तरह सवारी गाड़ी हो गया। पाली बस स्टैंड से बाबू बहुरियाँ को गाँव-गाँव पहुँचाता। अब्दुल के ताँगे का लाल छींट का चँदोबा चमकदार था। नई गद्देदार सीट, झालर में मनोरी कटोरी लगी घुँघरू। अच्छे-अच्छे घरों की बहू-बेटियों की पसंदीदा सवारी थी। गाँव-गाँव में बेटी बहू ब्याह रूखसती में इसी ताँगे से सफर करतीं। घोड़ा और सईस अब्दुल। कितने दूल्हे बाराती लद कर ब्याह को गए। अब्दुल का ममेरा भाई रसूल भी तांगा कसवा कर संगी हो गया था। तेतर वयोवृद्ध हो चला था। वह तांगे और घोड़े के साथ बाँध पर रहता और अब्दुल गाँव आ जाता।

एक दिन सुना कि सुनील भैया की भांजी गाँव आई है। वह छोटी थी

तो अक्सर अब्दुल के ताँगे पर ही बस पकड़ने जाती। अब बड़ी हो गई, यह सोचकर मिलने पहुँचा। सुनील भैया के पास वह बैठा ही था कि नीलू आई।

"कैसी हो बिटिया, बहुत दिन बाद मामा गाँव की सुधि आई।"

"हाँ अब्दुल भैया, आई तो बहुत दिनों पर लेकिन इस बार एक काम के सिलसिले में आई हूँ।"

"अब तो आप सयानी हुईं, कौन-सा काम?"

"मैं जो नौकरी करती हूँ उसमें ड्यूटी मिली है कि जानवरों पर अन्याय जो होता है उसको धर पकड़ करूँ।"

"किस जानवर पर बुचिया! कैसा अन्याय?"

"जैसे चिड़िया वगैरह को पकड़ कर पिंजड़ा में बंद कर लेते हैं। घोड़े की खुर में नाल ठोंकते हो, मुँह में लगाम लगाकर बोझा ढोने को मजबूर करते हो। यह सब अन्याय ही है।"

"आँय? मैं तो बड़ी सेवा करता हूँ घोड़े की।"—

"अब्दुल भाई, मैंने कह दिया न, घोड़े को मुक्त करिये वरना थाना पुलिस होगा।"—नीलू ने मुस्कुराते हुए पर दृढ़ स्वर में कहा। अब्दुल माथे पर हाथ देकर बैठ गया। अब? अब क्या होगा? क्या नया काम करना पड़ेगा? अपने खेत की ओर नज़र खिराई। खेत में फुलपाँक पूरा पड़ा है, सब्जी उपजाई जा सकती है। सुनील भैया का अकिल गुम। उन्होंने एक सुग्गा पिंजड़े में पाला था जो सुबह-सुबह सीताराम-सीताराम जपता रहता। क्या करेंगे अब?—सारा उत्साह समाप्त हो गया। मौन पसरा था। सम्पूर्ण वातावरण बोझिल, अन्धकार हो मानो।

✤ ✤ ✤

आओ री सखी सब मंगल गाओ री

हरे-भरे पार्क के दोनों छोर से जो पतली पक्की सड़क निकलती है वह उत्तर की ओर गलियों में गुम हो जाती है। गलियों से निकलती गलियाँ एक ओर नाले पर चीना कोठी के पास निकलती हैं, दूसरी ओर छोटी-छोटी गलियों से होते बड़ी सड़क पर निकल जाती हैं जिसके पार गंगा का विशाल पाट है। यहाँ चौड़ा घट है, विस्तृत सीढ़ियाँ हैं जहाँ स्नानार्थी स्त्रियों का जमघट लगा रहता है। कुछ बच्चे और युवा भी पैर पटकते, तैरते मिल जाते। वह सड़क पूरब की ओर स्कूलों और कॉलेजों, विश्वविद्यालयों तक ले जाती। गलियों वाला यह मुहल्ला मेहनतकश लोगों ने झोपड़ियाँ डालकर बनाया था। आगे चलकर सरकार ने ज़मीनें बन्दोबस्त कर दीं। ज़मीन जिनके नाम हुई वे कुछ न कुछ जुगाड़ कर पक्के घर वाले हो गये। एक कमरा ख़ुद के लिए रखा बाक़ी मेहनतकशों के लिए ही किराये पर उठा दिया। यहाँ के पुरुष अधिकतर राजमिस्त्री, मिस्त्री और पेंट इत्यादि करने वाले थे। स्त्रियाँ घरों में झाड़ू, बर्तन करतीं, लड़कियाँ छुटपन से माँ का हुनर सीख लेतीं, लड़के पिता का। शहर बढ़ रहा था, बिल्डिंगें बन रही थीं। इन लोगों का रोजगार बढ़ रहा था। इनका मौलिक गाँव अधिकतर गंगा पार था। कुछ लोग दक्षिण के भी थे। गाय-भैंसों के खटाल यहाँ विस्तार से थे। यह स्थान गोयठे उपले बनाने वालियों, कुम्हार जो दिया, सकोरा, गमला बनाते उनके लिए भी जाना जाता। आश्चर्यजनक आकृति के गमले यहाँ की विशेषता रही है। अति प्राचीन कालीन मृद्‌भाण्ड का चलन भी बरकरार था। लब्बो-लुबान ये कि यह मुहल्ला एक ज़रूरी स्थान है महानगर के भूगोल में। सीधा-सच्चा कामगार मुहल्ला।

मुरगन ने जब आँख-पाँख खोली तब तक कई पक्के मकान खड़े हो गये थे। कुछ के घर जीप तथा गाड़ी थी जो वे भाड़े पर चलाते थे। सूबाई निजाम के घर कुछ लोगों का आना-जाना था, कुछ लोग मुखिया, पार्षद हो गये थे। जिनकी माँ दादी ने उपले ठोंककर घर चलाया। बेटियों की शादी की

उनके घर कई-कई मोटर साइकिल गुर्राने लगा। ठेके परिमिट मिले शराब से लेकर हार्डवेयर तक की दूकानें खुल गईं। पक्के मकानों में कुछ पढ़े-लिखे लोग रहने आ गये। सचिवालय इत्यादि में नौकरी करने वाले, शिक्षिकाओं के परिवार आये रहने। यह स्थान नगर के बीचोबीच था सो नौकरी के स्थान के लिहाज से ठीक था, सस्ता भी था। परंतु इनके आने से माहौल बदला। लड़कियाँ भी स्कूल जाने लगीं। मुरगन जब सात-आठ साल का था तब जहाँ गली शुरू होती है वहाँ एक बाँस भर पीपल का पौधा उग आया था जिसके निकट एक विपन्न से पुजारी बैठने लगे थे। जब बड़ा हुआ तब वहाँ छोटा-सा मंदिर बन गया। गोल चबूतरा पहले सीमेंट का फिर संगमरमर का बन गया। वहाँ सुबह से शाम तक लोग जमे रहते। मंगल, शनि, बृहस्पति को औरतें पूजा करने जातीं; पंडित जी ने आवश्यकता के अनुसार मूर्तियाँ रख दी थीं, हनुमान जी, देवी जी, शनि महाराज, बड़ा-सा शिवलिंग तो था ही, जहाँ पूरे सावन में भीड़ लगी रहती। स्त्रियाँ शिव चर्चा में लीन रहतीं। अलबत्ता पूजन कर आतीं और जो ढोलक बजाकर संगत देती रहतीं वही गौनिहार को सरापतीं हाथ उठाकर—"तोर जवानी जर जतउ।"

विपन्न पंडित अब सम्पन्न हो गये थे। अब वे सदा गुलामी या पीली धोती मलमल या रेशमी कुर्ता पहने रहते। छद्दू राय जब वार्ड पार्षद हुआ तब इन्हें एक सोने का चेन भी दे दिया। इन्हें क्या दिया, उसने तो देवी मैया को चढ़ाया; पुजारी के नाते इन्हीं के गले की शोभा बढ़ा रहा है।

शाम को काम पर से लौटे मज़दूर कुछ ठेके पर चले जाते पर कुछ भले मानस रोज़ यहाँ आकर बैठते; मुलायम नज़रों से भोला बाबा को निहारते, अपनी जेब के कड़क नोट सहलाते जो उनके परिश्रम की कमाई होती। मुरगन के पिता की हार्डवेयर की दूकान थी। मुरगन ने मैट्रिक पास कर लिया फिर दूकान पर बैठने लगा। लोगों की सलाह पर उसने आई. कॉम किया और अब बी. कॉम कर रहा था।

दोपहर के सुनसान में जब पंडित जी भगवान को भोग लगाकर प्रसाद पाते और फिर भगवान को विश्राम के लिए परदा खींच शयन कराने के बाद स्वयं भी सोने चले जाते तब ऐसे समय मुरगन भी अपनी दूकान से घर खाने जाता। आते-जाते चबूतरा पर बैठे अपने बालसंगियों को पत्ते खेलते, सिगरेट का कश लगाते देखता। कई बार वे खींचकर इसे बैठा लेते यह अपनी गमछी

से मुँह नाक ढँककर बैठता। वे पहले तो सिगरेट पीने का प्रलोभन देते, नहीं मानता तो धुएँ का छल्ला बनाकर इसके ऊपर फेंककर ख़ुश होते थे। वहाँ वे पंडित जी कई बार हड़काते—"यहाँ भगवान के दरवाज़े पर तुमलोग प्रार्थना करोगे सो नहीं। सिगरेट थूकते हो। भागो यहाँ से।"—पर अब वे छोटे बच्चे तो थे नहीं। उनके पास मोटर साइकिलें थीं, कलाइयों में तरह-तरह के बैंड बँधे थे, अंगूठियाँ भी थीं और जीन्स की जेब में छुरी थी, अवैध पिस्तौल थे। पंडित जी मन ही मन सहम भी जाते। मुरगन ही था जो बी. कॉम कर रहा था वरना बंटी और बबलू तो स्कूल भी पास न कर सके। अभय और राजू मात्र इंटर कर सके। वे सब फर्र-फर्र मोटर साइकिल लेकर उड़ते फिरते। मंदिर के पास से उठकर पश्चिमी सड़क के कोने में खड़े हो जाते वह स्थान मंदिर के चबूतरे से कुछ ही क़दमों की दूरी पर था।

गर्मियों में या बरसात शुरू हो जाने पर भी शाम के चार बजे इधर सन्नाटा रहता। मात्र ऑफ़िसों के शहर में पाँच बजे के बाद सड़कें गुलजार होतीं। उसी सन्नाटे में सरकारी स्कूल छूटते। नीली कुरती सफ़ेद दुपट्टे वाली लड़कियों की जमात अपने बस्ते लादे घर लौटती। अभी तक साइकिल का जमाना नहीं आया था। अपने विपन्न दकियानूस परिवार से विरोध कर, किसी समझदार दीदी की समझाइश के बाद ये स्कूल जातीं। जो घर के काम निपटाकर स्कूल पास कर रही होतीं उनकी पढ़ाई चलती रहती। घर में भी ये लड़कियाँ भाई और पिता की थाली धोकर, उनके जीन्स शर्ट धोकर, झाड़ू-पोछा मारकर तब स्कूल जाती। स्कूल में ही होमवर्क हो पाता। सर झुकाकर आँखें नीची किये डरती सिहरती उस कोने को पार करतीं। चार-पाँच लड़के जिन्हें इन लोगों ने बचपन से बड़े होते देखा, वे ही फिकरे कसते, अश्लील हरकतें करते, इशारे करते—

तनी देखऽ न गोरिया
हमरा ओरिया

फिर नज़दीक आकर ठहाके मारते। ऐसा लगता वे दबोच लेंगे। पर डराकर हँसकर रह जाते। अश्लील हँसी के साथ लड़कियाँ सौ-सौ मौतें मरतीं। यदि घर में चर्चा की तो पढ़ाई छूट जायगी। सबने सपने पाल रखे थे।

उन्हें समझ में आ गया था कि शिक्षित होकर वे ग़रीबी से, जहालत से मुक्ति पा लेंगी। दसवीं पास कर लेंगी तो अपने को साबित कर पायेंगी। अक्सर सुलेखा कहती—"मैं दसवीं के बाद रेणु दीदी के यहाँ जाकर टाइप करना

सीखूँगी। वे घर पर टाइप करके अच्छी आमदनी कर लेती हैं, कम्प्यूटर है उनके यहाँ। वे सेवा कार्य में संलग्न थीं।''

''तुम्हें तो बुलाया भी है रेणु दीदी ने।''—रेखा कहती।

''मैं परीक्षा देने के बाद नानी के गाँव चली जाऊँगी। वहाँ मेरे मामा की बेटी और मैं मिलकर दौड़ने का अभ्यास करूँगी। पुलिस में भर्ती होने वाली हूँ।''—उत्साह से बोलती।

''रेखा, तू पुलिस में भर्ती हो जाएगी तब इन लफंगों को पकड़कर थाने ले जाना और इतने हंटर मारना कि इनका थोबड़ा बिगड़ जाय।''

''मैं शहनाज ब्यूटी पार्लर में जाकर ब्यूटीशियन की ट्रेनिंग लूँगी।''—रंभा कहती।

''अय हय, पहले ये सुंदरी अपना ब्यूटी सँवारने लगेगी''—कहकर सभी हँस पड़तीं। यह सब चर्चा स्कूल में, खेल मैदान में होती। इन लड़कियों के सपनों की उड़ान वहीं परवान चढ़ती। ये अपनी मुक्ति की राह तलाशती आहिस्ते-आहिस्ते बढ़ रही थीं। प्री-टेस्ट हो चुका था, अब फाइनल परीक्षा की प्रतीक्षा थी। नवम्बर का माह था, अभी स्वेटर-शॉल का समय नहीं आया था। ये लड़कियाँ थोड़ी बेफिक्र हो गई थीं। कोने पर लड़के फिर खड़े हो गये।

''ऐ ब्यूटी, तनी ताको न।''—अनायास रेखा तन कर खड़ी हो गई।

''क्या है? देख ठीक से। आज ही देख रहा है? लफंगे।''

''ऐ लुच्ची, ऐसे बोलेगी?''—बंटी आगे आकर हाथ बढ़ा ही रहा था कि रेखा ने ताईक्वांडों के दाँव से उसे पटक दिया और लात छाती पर रख दी। सारे छोकरे हक्के-बक्के रह गये। चारों लड़कियाँ तेज़ी से आगे बढ़ गईं। बंटी को उठाया बबलू ने। बंटी क्रोध से फूँक रहा था। पार्क में चारों बैठ गये। चुपचाप शांत।

''उससे ऐसा बदला लूँगा कि किसी को मुँह दिखाने लायक न रहेगी।''—बंटी ने कहा।

''क्या करोगे? रेखा का परिवार बहुत दादा किसिम का है।''—बबलू ने कहा।

''सब दादागिरी भुलवा देंगे।''—बंटी ने कहा।

उसे घेरकर सब खड़े हो गये। तय किया कि मुरगन की दूकान से एसिड ख़रीदा जाय। पेंट के काम के लिए उसकी ज़रूरत पड़ती है। बंटी, बबली,

बुल्लों, सभी मुरगन से यह सब छुपाते थे। ये सारे स्कूल फेल थे। मुरगन बी. कॉम में पढ़ रहा था। वह कभी एसिड ख़रीदने न देता। ये लोग गाहे-बगाहे उसकी दूकान पर जाते ज़रूर थे, सारे स्टाफ पहचानते थे। जिस वक़्त मुरगन घर आया बबलू एसिड ख़रीदने गया। थोड़ा पेंट भी ख़रीद लाया। दो दिनों के अंदर इन लड़कों ने शीशी उँड़ेल दी रेखा के मुँह पर। छींटे दूसरी सहेलियों को भी पड़े। मोटर साइकिल पर भाग खड़े हुए सारे। शीशी नाले में फेंक कर भाग गए छोकरे दूर। दिल दहलाने वाली चीख से दौड़कर पंडित जी तथा आसपास लोग आये। डॉक्टर क्लीनिक सब पास था। रेखा बेहोश थी। पूरा चेहरा मोमबत्ती की तरह पिघल गया था। साथियों के कहने से बंटी, बबलू, बुल्लो वगैरह पकड़े तो गये पर संदेह का लाभ जाने किस तरीके से मिल गया और वे जमानत पा गये। पूरे दो साल लगे रेखा उठकर खड़ी हो गई। अलबत्ता पहचान में नहीं आ रही थी। परंतु आँखें सलामत थीं। फूल-सा खिला चेहरा जली लुकाठी लग रहा था। उसने दो साल बाद मैट्रिक की परीक्षा पास की। कॉलेज जाने के साथ सेवा संगठन में जुड़ गई। पुलिस में जाने की साध रह गई। सहेलियों के साथ भी यही हुआ। आगे पढ़ने न दिया डरे हुए माता-पिता ने। शादी-ब्याह कर निपटा दिया। हुआ यह कि रेखा का परिवार ख़ुद घबरा गया। एसिड हमले को रेणु के संगठन ने हवा दी। कई महिला संगठन आगे आये। सरकारी मशीनरी को सजग होना पड़ा। रेखा का परिवार सकते में था परन्तु उन्हें मुक़दमा लड़ना पड़ा। जब बंटी बबलू और बुल्लो को जमानत मिल गई तब ये बेहद डर गये। अपने बेटों को दूसरे शहर काम करने भेज दिया।

सुलेखा, रंभा की स्थिति अधिक ख़राब हुई। एसिड के छींटे तो उनके दुपट्टे तक पहुँचे थे पर वे अंदर तक क्षत-विक्षत हो गई थीं। कहीं ये गवाही में न घसीटी जायें यह सोचकर उन्हें लेकर उनकी माँ अपने मायके गाँव चली गईं। बंटी के पिता की घूरती निगाहें भी जानलेवा थीं। दोनों लड़कियों ने दसवीं की परीक्षायें ही छोड़ दीं। उनकी शादियाँ कर दी गईं। एसिड हमले ने सपने देखती उन जैसी दर्जनों लड़कियों की नींद उड़ा दी। लगा जैसे हवा के झोंके से निरभ्र आकाश में विचरण करते सूखे पत्ते की भाँति नाले में गिर गई हैं।

सेवा संगठन एसिड पीड़ित लड़कियों के विवाह का आयोजन कर रहा था। लड़कियों के लिए दूल्हे तय किए जा रहे थे। रेणु दीदी ने रेखा से पूछा— "रेखा तुम्हारे लिए भी लड़का देखें?"—मुरगन वहाँ बैठा था।

''नहीं दीदी, मेरा मन बिल्कुल नहीं है।''—उसने कहा।

''अच्छी बात है, मैं जोर न दूँगी।''—मुरगन ने रेखा की ख़ासी मदद की थी। उस दिन उसने मन ही मन रेखा की तारीफ़ की थी जिस दिन उसने बंटी को गिराकर उसकी छाती पर लात रखी थी।

''रेणु दीदी, मैं रेखा से विवाह करना चाहता हूँ।''—बेहद चुप्पा और शर्मीला मुरगन सीधी आँखों से रेखा को ताक रहा था।

''क्या? क्यों?''—रेखा चौंक गई।

''रेणु दीदी, रेखा से मैं बचपन से प्यार करता हूँ।''—इस झूठ को विश्वसनीय ढंग से रेणु की ओर देखकर मुरगन ने कहा। कम्प्यूटर पर टाइप करते रेखा के हाथ रुक गये। उसके मन में एक हिलोर-सी उठी। एक ही गली का यह लड़का क्या सचमुच...? उसने सर झुका लिया। रेणु की समझ में आ गया कि रेखा प्रेम के आगे झुक गई है।

सिर झुकाये रेखा को याद आया, सुलेखा के बस्ते का एक फीता टूट गया था; सँभालते-सँभालते भी वह गिर गया। मुरगन साइकिल से आ रहा था, अनायास बस्ता उसके सामने गिरा था उसने साइकिल रोक दी।

''देखकर चला करो जनाब''—रेखा ने अपने अंदाज़ में कहा; मुरगन की हँसी छूट गई। उसने बस्ता उठाने की कोशिश की कि रेखा का सर टकरा गया।

''लो बैग और ख़ुद नहीं आता है तो दर्जी से सिलवा लेना।''—कहकर मुस्कुराता हुआ चला गया था। रेखा ने सुलेखा पर चिढ़कर कहा था।

''ऊँह, तेरा बैग है और सुना मुझे गया। तू भीगी बिल्ली-सी क्या खड़ी है?''—दोनों हँस पड़ी थीं। ''मुरगन सीनियर है, कॉलेज में पढ़ रहा है, उससे कैसे उलझ सकती थी?''—सुलेखा ने समझाया।

''सीनियर है तो क्या?''

''तुमसे कौन उलझे?''—बाद में जब मुरगन मिलता तब सहेलियाँ इसे चिढ़ातीं देख सीनियर आ रहे हैं। रेखा की आँखे भर आईं, कहाँ हैं उसकी सहेलियाँ, आयें मंगल गायें। उसे आवृत्त करती है मानो यह स्वरलहरी—''आओ री सखी सब मंगल गाओ री'' आविष्ट-सी बैठी रही रेखा।

मुरगन के सीने पर से एक बड़ा बोझ हट गया। एसिड बंटी ने उसी की दूकान से ख़रीदा था। उनके भय से गवाह नहीं बना। रसीद बुक तो था ही उसके पास। परंतु रेखा के जीवन में ख़ुशी की एक किरण लाने में सफल तो रहा।

काहे होत अधीर

सोभन एक अच्छा नाविक था जबकि वह नाविक जाति का नहीं था। इस जलप्रांतर में केवट होने की ज़रूरत नहीं थी नाविक होने के लिए। नाव लग्गा से सबका नाता था। साल के कई माह, घास काटने, हाजत जाने तथा छोटे-मोटे सौदा सुलुफ लाने के लिए नाव लग्गा की ज़रूरत थी। सभी को नाव चलाना आना ही था। पर सोभन बड़ी-बड़ी नावें चलाकर दूर गंतव्य तक सुरक्षित ले जाता था। गहरी नदी हो, भँवर पड़ रहे हों या धारा तेज़ हो बड़ी आसानी से पार कर लेता सोभन। यही तो विशेषता थी कि उसे श्रेष्ठ नाविक माना जाता। पर सोभन को यह सुनना अच्छा नहीं लगता। वह संकोची किस्म का व्यक्ति था। एक बार उससे जूट लदी नाव पलट गई थी। नाव नदी के किनारे पलटी थी, सारी गाँठे मिल गईं। पर सोभन उसे भूल नहीं पाता। हमें क़िस्सा सुनाता—"उत्फाल कोसिका के जब्बर मुँह से नाव निकाल लाये। नाव बड़ी थी जिन्सी, सत्तर गाँठ पटुआ सोनापाट लदी थी। गाँठ क्या था, टका की गड्डी। मालिक का बहुत काम निकल जायेगा। बहुत महँगा बिकता है। पर नाव किनारे से तिरछी लग गई। उसको सीधा करने में चाल बिगड़ गई नाव उलट गई। अच्छा रहा कि मालिक उतर गये थे, नहीं तो अनहोनी हो जाती।"

अधेड़ सोभन के कुछ खेत थे, कुछ और लोगों से बटाई लेकर धान मूँग उपजाते। दो बेटियाँ थीं और एक बेटा था। आँगन में घर, गोठूला था। घरनी होशियार थी सो कोठी (मिट्टी के अन्न रखने वाले पात्र) बनाकर चावल गेहूँ मूँग वगैरह रखती। पिछवाड़े में साग, सब्जी, लत्ती फत्ती लगा रखा था। गाय-बैल और भैंस पाल रखा था जिसकी सेवा घरनी बड़ी बेटी के साथ मिलकर करती। सोभन बेफिक्र होकर मालिक के बाल बच्चों को लाने पहुँचाने नाव लेकर जाता। दिन अच्छे कट रहे थे कि एक भयंकर झटका इसे अवसन्न कर गया। घरनी को पिछवाड़े में साँप ने काट लिया। जब तक ओझा गुनी

बुलाये जाते, वह चल बसी। पूरा गाँव सकते में आ गया। वैसे यह गाँव छोटा सा था पर तीन चार जाति के दो धर्मों के मानने वाले थे। गाँव के सारे स्त्री पुरुष बच्चे कच्चे श्मशान गये थे। सब की आँखों में आँसू थे। क्रियाकर्म ख़त्म होने के बाद सोभन की बुआ ने, जो क्रिया कर्म में आई थी, उसके गंजे माथे में तेल मलते हुए कहा—"बबुआ, दुलहिन तो सरंग (स्वर्ग) गई। हम नरक भोग रहे हैं मर्त (मर्त्य) लोक में, साहेब का करिश्मा। अपने हाथ में कुछ नहीं। बबुआ, गोसाई साहेब कहते हैं, बीती ताहि बिसारि के आगे की सुधि ले। बुआ कबीरपंथी, सत-संगी थी सो कबीर रैदास कभी-कभी तुलसी भी सुनकर याद रखती थी। कभी-कभी उसे सुना अपना रौब भी जमा लेती थी।

"सुन रहा है न जो हम कह रहे हैं?"

"जी, सुन रहे हैं।"—अन्यमनस्क सोभन ने कहा।

"तो सुन, बिन घरनी घर भूत का डेरा। अपनी सुरजी भी सयानी हुई, कुटुम गौना माँग रहा है, कितना दिन टालोगे उसे ससुरा भेजना ही पड़ेगा। कि नहीं?"

"हूँ"—कहा सोभन ने।

"बौआ चंदन छोटकी रूनू को कौन देखेगा? तुमको एक कौर भात टभका के कौन खिलायेगी?"

"तो हम का करें? हमको नहीं आता है कुछ भी।"

"इसीलिए तुमको बियाह करना होगा।"

"ई उमेर में, तीन बच्चा वाले से कौन करेगी बियाह?"

"एगो हमारी गोतनी की भतीजी है। हिरनी गाँव की है उसका पुरुष मर गया है। दू ठो बच्चा है। जवाने है, उससे कहो तो बात चलायें। दू ठो पछलगवा है तो क्या होगा? बड़का बेटा अपने चंदन के बराबर है। बेटी अपनी छोटकी रूनू के बराबर। हिरनी वाली बहुत सुन्नर है। ख़ूब गोरी रजपुतनी जैसी। ऊँची पूरी भरा-भरा शरीर। कहो तो बात चलावें।"

"हम क्या कहें, तुम लोग जानो।" कहकर सोभन ने स्वीकृति दे दी। महीना दिन के अन्दर सोभन उससे समध (संबंध) करके घर ले आया। सचमुच हिरनी वाली चाँद सी सुन्दर और गोरी थी। शौक़ीन भी ख़ूब थी। उसके आने के छः माह बाद बड़ी बेटी सुरजी गौने पर ससुराल चली गई। अब तक घर की मालकिन वही थी। हिरनी वाली को चावल भरी कोठी, तरतीब

का घर सेंत-मेंत में मिल गया पर खाना पकाने की जहमत भी सर आ गई। जैसे-तैसे खाना बना तो लेती पर सोभन चंदन कौन कहे अपने बेटे दिनेश को भी खाना अच्छा न लगता। वो तो गाय लगहर थी सो दूध से बच्चे तुष्ट हो जाते। सोभन को उस नवेली का यौवन और श्रृंगार मोहे रहते। वैसे भी वह शान्त व्यक्ति था। हिरनी वाली सज्जन स्त्री थी, किसी बच्चे को किसी प्रकार की प्रताड़ना नहीं देती। किसी की शरारत पर ग़ुस्सा भी नहीं करती। बच्चे खेलते रहते तब तक ठीक था जब लड़ने लगते तब स्थिति अधिक अजीब हो जाती। न तो माँ न पिता, कोई बीच बचाव न करते। चंदन गाय भैंस की देखभाल करता पर दिनेश ने कभी उन्हें एक बाल्टी पानी भी नहीं पिलाया। दिन जैसे-जैसे बीतते गये दिनेश शोख और फैशनेबुल होता गया। जबकि चंदन पहले ही कंठीधारी था अब गले में रूद्राक्ष की माला भी धारण करने लगा। वह अधिक चुप्पा हो गया। समय अपनी चाल से चलता है। चंदन सुदर्शन युवक हो गया। वह गाँव की खेती किसानी, पशुपालन में मन लगाता। दिनेश गँवई जत्थों के साथ दिल्ली पंजाब पैसे कमाने चला गया। कोसी में जानलेवा जल का प्रकोप हुआ। लोग विस्थापित होते, स्थापित होते तटबंध के बाहर भीतर करते रहे। खेती चौपट हो गई। माल मवेशी बीमार पड़ने लगे। घर हर साल दह भंस जाता। चौमासा में चंदन भी बंगाल की ओर काम करने जाता फिर चला आता। मडुआ मकई और मोटा धान थोड़ा बहुत उपजा लेता। बहुत जीवट का आदमी था। गाय बकरी अब भी पालता। पूरा परिवार कबीरपंथी वैष्णव था सो साग पात ही भोजन था। प्रकृति के प्रकोप को जैसे नहीं रोका जा सकता है वैसे ही शरीर की बाढ़ को भी कहाँ रोक सकते हैं? सारे बच्चे बड़े हो गये सोभन के। यह तो भला हुआ कि हिरणी वाली के कोई संतान सोभन से नहीं हुई। पर दो पिछलगुआ बच्चे तो थे जिसका पूरा दायित्व सोभन पर अनायास आ पड़ा था।

गाँव में एक शादी थी। उसमें सोभन की पत्नी का चचेरा भाई आया था। सौजन्य में सोभन की मुलाक़ात हुई। सोभन के आँगन में चटाई पर आकर वह बैठे। छुटकी ने लोटे में पानी दिया पीने को।

''ये तुम्हारा मामू है बेटी आज सुधि आई है''—सोभन ने कहा तो छुटकी ने झुककर पैर छुए। हिरनी वाली शादी वाले घर में गाना गाने गई थी। सज-धज कर गाँव घूमने का मौका वह कभी न छोड़ती।

"बिटिया तो बांस सी लम्बी हो गई पहुना"—मामू ने कहा

"हँ, हो तो गई है।"

'कहीं कुटुमैती लगाया क्या?"

"नः, कहाँ?"

"कुछ गुन सिखाये हैं कि कमठौनी रोपनी ख़ाली?"

"गाँव में इसकूल है न, बुचिया चौथा पास कर गई।"

"अच्छा!"—साले साहब ने उसांस छोड़ी।

"काहे पूछ रहे हैं कुटुम, ई तो समझिये कि मालिक एक इसकूल खोल गये सो बच्चा बच्ची दू आखर पढ़ लेता है।"

"एगो लड़का है मैट्रिक पास, अभी अभी लोअर इसकूल में मास्टर लगा है। पक्का भितघर है खपड़ा से छवाया हुआ। एके ठो बेटा है छ गो बेटी के बाद, बड़ा लाड़ला है, ऊ औंठा छाप लड़की से शादी बियाह नहीं करेगा। एक से एक कुटमैती टाल देता है।"

"हमको एके बेर बुरबक समझ लिये हैं कुटुम? हम ग़रीब आदमी कहाँ से उनमें सकेंगें?"—सोभन बोले।

"आपको आठ कट्ठा का घरारी है, पाँच बीघा ज़मीन है, आप ग़रीब कहाँ हैं पाहुन? ई तो कोसिका महरानी का खेला है, जादे दिन नहीं चलेगा। मैया धन-जन से भर देगी।"

"मोलम्मा न दीजिये। आजकल बुल्लेट से नीचे कोई बाते नहीं करता है।"

"ए महराज, बुलेट का जमाना गया, अब हीरो होंडा माँगता है।"

"तब? काहे फालतू बात करते हैं?"

"एक तरकीब है पाहुन, लड़का की फूआ की एक बेटी है। बड़ी सुन्नर कड़क्का जवान। फूआ उसको जनम देकर मर गई। उसका बाप दूसरा बियाह कर लिया। जानते ही हैं माँएँ मरे से बाप पितिया हो जाता है।"—सोभन ने उसे घूरकर देखा।

"अह्ह, आपकी बात कुछ और है, आप देवता आदमी हैं। खैर, तो मामा मामी उस बच्ची को अपनी बच्ची के जैसा पाले। ऊ गोलट करने को तैयार हो जायेंगे। लड़िका खोज रहे हैं मुफ्ती।"

"आँए?" चौंके सोभन।

"हँ पाहुन, अपना चंदन से ऊ बुचिया का जोड़ी ख़ूब फबेगा और अपनी चौथी पास छोटकी मास्टरनी बन जायेगी। बस।"—दोनों हाथ पटक कर ताली बजाई मामू ने। सोभन सोच में पड़ गये।

"देखिये, हम हिम्मत न करेंगे। आप ही...।"—सोभन ने कहा

"बिल्कुल पाहुन, आप चुपचाप रहिये। हम बुचिया, बाबू के मामू हैं न! समय पर आपको ले चलेंगे।"—कहकर, सीकी की डलिया से दो टूक सुपारी उठाकर चलते बने। सोभन सोचते बैठे रहे। सांझ ढल रही थी। छोटकी लालटेन मांजकर, बत्ती साफकर जला गई, छप्पर की बत्ती में कड़ी फँसा गई।

"बाबू हम शादी के घर जा रहे हैं, मैया और झुमकी वहीं हैं"

"जाओ। चंदन को भेज देना।"—सोभन ने कहा और खाट गिरा कर लेट गया। सोचने लगा चंदन की माई कितनी समझदार और गंभीर स्त्री थी। इसको कुछ सोचने का अवसर नहीं देती। हिरनी वाली बहुत अच्छी है पर समझदारी तो है ही नहीं। उससे कोई राय विचार लेना बेकार है। पर घरनी तो वही है, दामाद वही परिछेगी, पतोह इसी अँगना में उतरेगी। सोच ही रहा था कि चंदन आ गया।

"सांझे खटिया पर पड़ गये हो बाबू, मन मिजाज ठीक है न!"—बेटा चंदन माथा छूकर वहीं चटाई पर बैठ गया।

"सब ठीक है, तुम्हारा चचेरा मामू आया था उसी से गप शप कर रहे थे।"

"मामू बहुत भांजता है, माथा दुख रहा होगा।"—वह सर दबाने लगा

"एक ज़रूरी बात कह रहा था छोटकी रूनू के वास्ते।"

"शादी के लिए न? क्या कहा?"

"एक मास्टर लड़का बता रहा था।"

"वाह, बढ़िया पर ख़र्चा?"

"ख़र्चा तो पड़ेगा ही।"

"बाबू दूनू बैल...।"—सोभन ने हाथ उठाकर चुप करा दिया।

"चंदन, मास्टर लड़का के बाबू की एक टुग्गर भगिनी है उसकी शादी अगर तुमसे हो जाय तो छोटकी रूनू को बिना तिलक दहेज के ले जा सकते हैं।"—कहकर बेटे की तरफ़ देखा सोभन ने। लालटेन की पीली हिलती डोलती रोशनी में चंदन के चेहरे का परिवर्तित भाव बिला गया। क्षणांश में वह प्रकृतिस्थ हो गया।

"छुटकी के लिए अच्छा घर वर हो जाय तो तैयार हो जाओ बाबू।"

"तुम तैयार हो?"

"तुम कहोगे और हम नठ जायेंगे?"—सोभन ने बेटे का घना काला केश सहलाया। कितना समझदार है मेरा बेटा, सचमुच चंदन है, अपनी मैया की तरह शीतल। अब वह साले साहब की राह तकने लगा। अभी हिरनी वाली को कुछ न कहा। वह हल्की इतनी है कि सारी बातें जाकर गाँव की औरतों को कह देगी। कच्ची बात को ही फैलाकर नष्ट कर देगी। देर रात गये तीनों स्त्रियाँ लौटीं। खाना कठौता भर आ गया। सब मिलकर आँगन में बैठकर खा पीकर सो गये।

हफ़्ते भर बाद साले साहब आ धमके। उनकी बाँछे खिली हुई थीं, यह देख सोभन समझ गये कि बात बन जायेगी। गोहाल के तरफ़ बड़ी चौकी पर भांजे चंदन के साथ सोने की व्यवस्था हुई। रूनू छुटकी ने स्वयं अपने हाथों से खाना बनाया। मामू ने तारीफ़ कर-कर के खाया। कुटुम्ब लड़का और घर वर देखने आने वाले थे। अब हिरनी वाली को भी पता चल गया। घर आँगन लीपपोत कर ठीक किया गया। कुटुम्ब आये बेटे के लिए बहू और भांजी के लिए दामाद उन्हें पसंद आ गये। उन्हें पता था कि ये सब कर्मठ लोग हैं। कोसी के मारे हुए हैं। दो दिन बाद सोभन भी जाकर लड़की और लड़के से मिल आये। फूल पान चढ़ा दिया गया। गँवई धूमधाम से शादी हो गई। मास्टर साहब को टीम टाम पसंद नहीं था, नेटुआ नचाना भी गँवारा न था। वे नौकरी करते हुए आगे की पढ़ाई भी कर रहे थे।

हिरनी वाली की आँगन ख़ूब गुलजार हुई। उसकी ख़ूबसूरत जवान बहू आ गई थी। बहू भी सास के नक्शेक़दम पर चलने वाली थी। साज सिंगार में लगी रहती। खाना-पीना बनाना गोबर गोयठा करना सँभलता नहीं। गोहाल के एक हिस्से को घेरकर आँगन की तरफ़ रुख कर किवाड़ लगा दिया गया था। वही घर चंदन और नयी दुलहिन का हो गया था। चंदन संकोची था पर दुलहिन मनचली थी। उसे लिपटाये रखती। सोभन निश्िंचत थे। एक बार बेटी दामाद अहोर बहोर कर गये थे। रूनू के चेहरे की रौनक देख साफ़ पता चलता कि वह प्रसन्न है, वह अब छुटकी नहीं रही। दामाद जी ने इन्टर पास कर लिया था। उनकी फुफेरी बहन यहाँ मज़े में है यह देख वे आश्वस्त हुए। बहन के गुण अवगुण वे जान रहे थे। धीरे-धीरे कोसी ने बालुका राशि का ढेर लगा

दिया। खेतों में अब उतना जल नहीं जमता। बालू के साथ फुलपांक भी कई जगह पड़ी। खेती का स्वभाव और तरीका बदल गया पर अब उपज होने लगी। चंदन की गाय के एक बछड़े का बधिया, नाथ हो चुका था। सिलेब रंग का बछड़ा था जिस पर बहुत लोगों की निगाह थी। परंतु चंदन ने उसका जोड़ा लगाना उचित समझा। वह सुदूर सोनपुर हाजीपुर के मेले में अपने ग्रामीणों के संग ख़रीदारी करने निकल गया। इधर दिनेश दीवाली की छुट्टी लेकर गाँव आया। वह पंजाब में किसी फार्म हाउस में काम करता था। उसे आने-जाने वालों से यहाँ का समाचार मिलता रहता। उसे पता था कि चंदन की शादी हुयी है। छुटकी ससुराल चली गई। डेढ़ साल बाद आ रहा था सो भैया बाबू के लिए कपड़े, झुनकी के लिए सिन्थेटिक साड़ी और माला मोती ख़रीद रहा था। नई भाभी के लिए भी कुछ न कुछ तो लेना ही था सो उसने काजल बिंदी पाउडर लिपस्टिक ख़रीद लिए। यह नहीं सोचा कि किसान की बीबी गाँव में कहाँ यह श्रृंगार करती है। पता नहीं कैसी देहाती भुच्चड़ होगी भौजी। यहाँ तो पंजाब में एक नंबर होती है। यह सोचकर उत्साहहीन हो चला।

गाँव पहुँचते ही मन बैठ गया। बिजली बत्ती और पक्की सड़क से सीधे, कीच-कादो, लालटेन की रोशनी में पहुँचकर अवसादग्रस्त हो गया। पहुँचा तब शाम ढल गई थी। गोहाल से घूरे का धुआँ उठ रहा था, कई दालानों पर लालटेने टँगी थीं जो हिल डुल कर रोशनी का मद्धिम वृत्त बना रही थीं, इसकी आँखें अब इन दृश्यों को भूल चुकी थीं। पीठ पर बड़ा-सा बैग और हाथ में अटैची लिए जूते मचमचाता हुआ आँगन में प्रवेश किया। "मैया, कहाँ हो ?"—पुकारा दिनेश ने। मैया और झुमकी चटाई पर बैठी थीं, सोभन खाट पर लेटा था, एक आकृति साड़ी का हल्का घूंघट किये कोने में खड़ी थी। सोभन एक कहानी सुना रहा था सब चाव से सुन रहे थे। कहानी उन दिनों की थी जब सोभन नाविक हुआ करते थे। दिनेश की आवाज़ से सब चौंक गये।

"अरे ई कोन फिरंगिया आ गया ?"—हिरनी वाली ने बेटे के सर पर हाथ फेरते गद्‌गद होकर कहा। दिनेश मैया के चरण छू रहा था। फिर सोभन की ओर बढ़ा। सोभन खाट पर उठकर बैठ गया। सामने नीले रंग के छलमलाते ट्रैक सूट में दिनेश खड़ा था। उसने खाट पर बैठने का इशारा किया। तभी घूंघट वाली एक लोटा पानी लेकर खड़ी हो गई।

"भैया, जूता उतारो, भौजी पैर धोने के लिए पानी लिए खड़ी है।"—

गदबदे बदन वाली बहन झुमकी ने कहा।

"ऐं ?"—कहा दिनेश ने और जूते का फीता खोला। मोजे उतारे। आँगन के किनारे क्यारी के पास लोटा लेकर पैर धो लिया।

"गोर लागी भौजी"—कहकर दुलहिन का पैर छूने झुका कि वो दो क़दम पीछे हट कर मुँह ढाँप कर हँसने लगी। उसकी महीन खिलखिलाहट मैया और बहिन की हँसी के नीचे दब गई पर दिनेश के दिल में सुरसुरी पैदा करने के लिए काफ़ी थी।

"तुम लोग बच्चे को खाने-पीने के लिए पूछोगे कि हँसी-ठिठोली में लगे रहोगे ? थका-मांदा आया हैं।"—सोभन ने गंभीर आवाज़ में उन्हें टोका।

"पापा जी, हम रस्ता का कपड़ा उतार कुछ ढीला ढाला पहन लेते हैं।"—दिनेश कहकर अपनी अटैची बरामदे पर ले जाकर खोलने लगा। बहन पप्पा जी सम्बोधन सुन फिर हँसने लगी। भौजी और भैया उसका साथ दे रही थी। दिनेश ने लुंगी निकाली और कपड़े बदलने लगा। दुलहिन चौके की ओर चली गई। खाना पीना, गप्पें देर रात तक चलीं। कमरे से एक और खाट निकाल दी गई। सोते वक़्त दिनेश ने पूछा—

"चंदन भैया नहीं दिखाई पड़ रहा है।"

"बाछा का जोड़ा लगाने खगड़ा मेला गया है, नहीं पटेगा तो सोनपुर का रस्ता देखेगा।"—सोभन ने कहा।

"तभी तो।"—सुबह आँखों पर तेज़ रोशनी पड़ी तब दिनेश की नींद खुली। वह हड़बड़ा कर उठ बैठा। आँगन लीपा पोता था। बाबू की खाट बरामदे पर थी। दुलहिन चूल्हे के पास थी। बाहर निकला तो देखा बाबू बछड़े और गाय को सानी खिला रहे हैं। मैया ट्यूबबेल चलाकर पानी भर रही है। झुमकी सामने ख़ाली खेत में बकरी खुटेस (खूंटा गाड़) रही थी। वह ट्यूबवेल के पास आकर मुँह-हाथ धोया। मैया का काम गोहाल वाला हो गया था। सोभन ने गोबर हटाया और हिरनी वाली ने खर्रा (कड़ा झाड़ू) से पूरा गोहाल बुहार दिया। बेटे के साथ आँगन आई। उसे पता था, पहले यह चाय पीयेगा तब जंगल की ओर हाजत को जाएगा। दुलहिन ने शीशे के गिलास में चाय थमाया। दिन में देखा—भौजी गोरी न्यारी, स्वस्थ सुंदर युवती है। मन ही मन चंदन भैया से जोड़ी लगाने लगा। चंदन ख़ूबसूरत जवान है पर सधुआया हुआ है। पता नहीं इस हँसमुख बीबी ने उसे बदला है क्या ? चाय पीकर लोटा ले जंगल की ओर निकल गया। लौटा

तो नहा धोकर ही। दुलहिन ने पीढ़ा बैठने को दिया। थाली में चार पराठे आलू परवल का भुजिया परोस कर सामने रख दिया, स्टील के साफ़ धुले लोटे में पानी, नमक और मिरचा। मैया चुपचाप देख रही थी—

"भौजी, अँचार है तो दो न!"—दुलहिन ने एक फाँक आम का मसाला भरा अँचार थाली में रखा।

"मैया, वहाँ ऐसा भरा-भरा मोलायम अँचार कहाँ? कच-कच, वह भी रिफाइन तेल का। हम तो तरस गये।"—बोलते हुए खाने लगा।

"ऊँह, तब भी तो दू बरिस पर आया है। मैया बहिनियाँ की सुध आई? बाबू बूढ़ा हो रहा है सोचा?'—मैया ने उलाहना दिया।

"नहीं आये तो हमहीं न रह गये, न बरियाती गये न रूनुआ के कहार बने।"

"अब चुपचाप गाँव में रहो। देखो भैया अकेले पड़ गया है। एक से दो भला।"

"भैया को तो भौजी मिल ही गई है खाई पीयी हुई।"—उसकी ओर कनछिया के देख रहा था। वह मुँह दबाकर हँसने लगी।

"चैल (चुहल) न कर, भौजी घर धरूआर करेगी कि खेत पथार देखेगी?"—तभी झुमकी एक बाल्टी कपड़ा धोकर आ गई। उसमें बाबू की लुंगी, दिनेश का ट्रैक सूट मौजा वगैरह था उसे आँगन की रस्सी पर फैलाती हुई बोली।

"मैयो, भैया को बिना बियाहे जाने न देना।"

"चुप, पहले तुम्हारा तो हो जाय।"—भैया ने बरजा। नाश्ते के बाद दिनेश ने अटैची खोली। बाबू के लिए लुंगी और गंजी लेकर आया था। भैया के लिए कमीज और मैया तथा झुमकी के लिए छापे की साड़ी थी। भौजी याद न रही। माला मोती नेलपॉलिश बिन्दी और लिपस्टिक भी था। जिसे मैया ने दुलहिन को बाँट दिया। उसके इसी व्यवहार के कारण गाँव भर के लोग कहते कि ऐसी सतमाय अपनी माय से भी सुत्थर होती है। दिनेश ने भौजी से कहा—

"अरे एक दिन बाज़ार चलें अपना पसंद से साड़ी दिला देंगे। मेरा भाई बड़ा सीधा है। कुछ न बोलेगा।"—दुलहिन ने किसी तरह की प्रतिक्रिया न दी।

जब तक चंदन बछड़ा ख़रीद कर लौटा दिनेश भौजी से ख़ासा नज़दीक

हो चला। उतना जितना चुप्पा चंदन अब तक न हो सका। देर तक दोनों गप्पें कर रहे होते।

रूनू अपने ससुराल में सुघड़ बहू के रूप में ख्यात थी, सो झुमकी के लिए एक अच्छा सा लड़का मिल गया। वह पढ़ा-लिखा नहीं था, पर कर्मठ था। रूनू की तरह झुमकी भी ख़ूबसूरत और सुघड़ थी। वर की मात्र माँ थी, घर घरारी के अलावे मात्र दस कट्ठा खेत था। शादी में रूनू और सुरजी भी आई थीं। सुरजी कुछ देर से ही आ पाती। उसके पति पटना सदर में रहकर रिक्श चलाते थे। सौम्य शिष्ट थे सो कमाई अच्छी हो जाती। कई घरों के बच्चों को स्कूल छोड़ते, ले आते। बच्चों के गार्जियन का भरोसा था उन पर। अब दसियों साल रिक्शा चलाने के बाद उनके पास पाँच अपना रिक्शा हो गया था। अपनी कमाई से उन्होंने कुछ ज़मीनें भरना पर ले रखी थीं जिसमें धान मडुआ रोपने वे चौमासा में आते। बाक़ी समय सुरजी ही सास-ससुर, गाय भैंस और तीन बेटों की देखभाल में लगी रहती। फुरसत ही नहीं होती कि नैहर ससुराल करे पर मन अपने बाबू, भाई के लिए हुड़कता। इस बार सबों से मिलना हो गया। भौजाई और भाई से घुल-मिलकर बातें हुई। सुरजी को समझ में आ गया कि उसका चुप्पा भजनी भाई भोला है, युवती भौजाई को सुखी नहीं कर पा रहा है। सामने दिनेश जैसा छैलचिकनिया देवर है। जर्जर बाबू और बैलौस मैया के सामने दिनेश की शादी करने की बात रखी।

"दिनेश भी फूट कर जवान हो गया है, कमाता भी है उसकी शादी कब करोगे?"—मैया हँस दी बेवकूफ की तरह। बाबू ने बात को समझा। अपने चचेरे साले साहब को तलब किया। वे भी बुजुर्ग हो गये थे। बीड़ी फूँकते और खाँसते हुए आये। सलाह मशविरा होने लगा। पूरी बीड़ी धूक के, मन भर खाँस के मामू जी स्थिर हुए तो कहा—

"सुरजी बेटी, एक ठो पेंच है?"

"क्या है मामू?" सुरजी ने पूछा, सब उनकी ओर देखने लगे।

"दिनेश के लिए हमने कई जगह बिना पाहुन और दिदिया के कहे बात चलाई थी पर सबने इसके आस ख़ास के बारे में पूछा। हम क्या बताते?"—सोभन की ओर देखा।

"हमरा आस ख़ास है कि नहीं?"

"आपका ज़मीन में आपका बेटा उसको बरोबर का हिस्सा देगा?"

"काहे नहीं?"—सोभन बोला।

"बाबू, तुम यह कैसे कह सकते हो?"—सुरजी बोली।

"हम बार-बार कहते हैं दिनेशवा से कि अपना बपहिया के गाँव आना जाना करो, मानता नहीं। हिस्सा तो वहीं हैं।"

—तमक कर हिरनी वाली बोली। उसका यह रूप सबने कभी पहले नहीं देखा था।

"दिदिया, कोन गाम था दिनेश के बाबू का?"—बड़ी शाइस्तगी से पूछा मामू ने।

"हाटी गाँव। बाबा का नाम उचितलाल।"—कहकर हाथ जोड़कर ऊपर उठा आँखें बंद कर नमन किया हिरनी वाली ने।

"तब तो कोई बात ही नहीं। हम साथ ले चलेंगे। दिनेश को।"—आश्वस्त हो मामू ने कमीज की जेब से बीड़ी माचिस निकाल सुलगा ली। घर से जाते वक़्त सुरजी बाबू के पैर पकड़कर देर तक रोती रही। लग रहा था कि अब मिल पाएगी या नहीं।

"मैयो, दिनेश की शादी जल्दी करना और हमको बुलाना न भूलना। लाबा भुजाई में हम खोआ चान्दी का कंगना लेंगे।"

"काहे नहीं, बड़की तो तुम ही हो।"—हिरनी वाली ने गले लगाकर दो बूँद आँसू टपका दिया।

"देखो, तुम घर में सबसे बड़ी हो, गंभीर रहो।"—रात में चंदन ने दुलहिन से कहा।

"अब कौन छोटी ननद लोग हैं? अब तो मैया बाबू हैं, उनसे छोटे ही हैं। आपसे भी छोटे हैं।"—हौले से हँसकर कहा और पति को बाँहों से घेर लिया। चंदन ने उसके केश, गाल और माथे को प्यार से सहलाया। दोनों एक दूसरे से चिपट गये। गोहाल की तरफ़ किसी की पदचाप सुनाई दी। बछड़ा रँभाने लगा, स्वर आर्त्त था। चंदन ने दुलहिन को छोड़ दिया।

"पता नहीं गोहाल में कौनो जनावर घुस आया।"—पाँच बैटरी का टॉर्च जला कर गोहाल की तरफ़ दौड़ा। दुलहिन अवाक् रह गई। मन, कोमल भाव, शरीर की ऐंद्रिक कामनाएँ तिलमिला कर रह गईं। छटपटा कर रह गई दुलहिन। थोड़ी देर में चंदन आया।

"कहीं कुछ नहीं दिखाई पड़ा पर धरती पर पैरों का निशान है। कहीं कोई

मेरे बछड़े को चुराने तो नहीं आ गया है? मैं वहीं सोने जा रहा हूँ, तुम कोठली बंद कर लो।''—चंदन ने कहा और एक चादर लेकर निकल गया जैसे कुछ हुआ ही न हो। अपनी स्त्री को उसके शरीर को जगाकर यूँ चला जाना तकलीफदेह है यह भी न सोचा। वह रोने लगी पर उसका आँसू पोछने वाला कोई नहीं था। रोते-रोते ही वह नींद के आगोश में चली गई। हौले से दिनेश कमरे में पहुँचा। चंदन ने जिसे शुरू किया था उस कृत्य को उसने पूर्ण किया और चलता बना। दुलहिन सब समझ कर भी अनजान बनी इन्द्रियसुख प्राप्त करती रही।

बरामदे में खाट पर लेटा सोभन दिनेश से पूछ बैठा—''इतनी देर से कहाँ गया था तू इतनी रात को?''

''कोई आदमी गोहाल की तरफ़ था पप्पा जी, उसी के पीछे गया था। दौड़कर भाग गया। फिर देखा कि भैया गोहाल में सोया है तो आ गया।''—सोभन जबाव सुन स्थिर हुआ।

अब दुलहिन तथा दिनेश की खिचड़ी पकने लगी थी।

''अब हम और तुम एक हो गये हैं, शादी वादी नहीं करेंगे।''—दिनेश ने दुलहिन से कहा।

''बिना शादी किये ऐसे कैसे रहेंगे?''—जवाब मिला

''तुम मेरे साथ भाग चलो। हमलोग जलंधर के गाँव में रहेंगे। वहाँ ख़ूब सुख से रखेंगे तुमको। तुम भी पंजाबी औरतों की तरह सूट पहनना लिपिस्टक लगाना।''—हँसा दिनेश।

''धत्''—शरमा गई दुलहिन।

''दुलहिन, गोसांई साहेब कहते हैं लोभ नहीं करना चाहिए। यह संसार माया है, काग़ज़ की पुड़िया।''—चंदन ने एक रात कहा।

''माया ही संसार है, काहे नहीं गोसांई साहेब को कहते हैं।''—उसने कहा।

''हम उनकी बात मानते हैं, बतकट्टी काहें करेंगे। तुमको समझा रहे हैं।''—चंदन ने कहा।

''हम नहीं मानते हैं।''—दुलहिन आजकल जिरह करने लगी थी। चंदन ने उसकी बाँह पकड़ अपनी ओर खींचा; वह छिटक कर दूर चली गई।

''पप्पा जी, सोच रहे हैं कि जलंधर चले जायें। तीन महीना हो गया।

तीन महीना की छुट्टी लेकर आये थे।''—दिनेश ने कहा सोभन से।

''तुम्हारी शादी करना चाहते हैं हमलोग। अभी मत जाओ। अगहनी काट कर लगन कर देंगे।''—सोभन ने आदेश-सा दिया।

''हम आ जायेंगे, कुछ टका कमा लायें।''—हँसकर जबाव दिया।

''वर देखने आयेंगे तब किसको देखेंगे?''

''फ़ोटो दिखा देना पप्पा।''

''अरे, क्या कहता है?''—सब हँसने लगे पर उसकी बात मान ली। दूसरे दिन दिनेश जैसे आया था वैसे ही निकल गया। काफ़ी दिन चढ़ जाने पर भी कहीं दुलहिन नज़र नहीं आई थी। हिरनी वाली कोना अँतरा झाँक चुकी। वह घबड़ा गई। सबसे बड़ी घबराहट चौका बर्तन सँभालने की थी। वह खेत की मोड़ पर खड़ी थी कि कहीं घास काटने तो नहीं चली गई कि दो लड़के मोटर साईकिल से आते दीखे। लड़के ने मोटरसाईकिल रोक दी।

''काकी, दिनेश भाई और चंदन भौजी को बस पर चढ़कर शहर जाते देखा है। भौजी की तबीयत ठीक है न?''—हिरनी वाली का कलेजा बैठ गया। ये क्या किया दिनेसवा। चुपचाप वहाँ से आँगन आई। बरामदे पर माथा हाथ देकर बैठ गई। सोभन ने देखा तो पूछा—''माथा पर हाथ देकर काहे बैठी हो?'' कई बार पूछने पर भी हिरनी वाली कुछ न बोली। आँखों से आँसू बहने लगे चुपचाप। सोभन पहली बार इसे ऐसे रोते देख रहा था वरना बेटियों की विदाई के वक़्त के बाद कभी रोती नहीं यह। वह खाट पर से उठकर धीमे क़दमों से आकर निकट बैठ गया। कंधे पर हाथ धरकर मुस्कुराया। दिनेश चला गया सो घर सूना लगता है। इसीलिए रो रही हो?''

''नहीं।''—आँसू पोछकर बोली। तभी आँगन में दो तीन उम्र दराज औरतों ने प्रवेश किया।

ल''सोभन भाई, दुलहिन की तबीयत ख़राब है क्या जो दिनेश के साथ शहर भेजे हो?''—यह गाँव की बेटी कलबतिया थी।

''चंदन काहे न साथ गया?''—एक वृद्धा भौजाई थी।

''हिरनीवाली दुलहिन साथ चली जाती।''— तीसरी स्त्री थी। सोभन और हिरनी वाले चुपचाप सुनते रहे। वे यूँ ही बकती चली गई।

''ये क्या हुआ हिरनीवाली, दिनेश तुमसे पूछकर ले गया है—दुलहिन को?''—पहली बार हिरनीवाली ने सोभन को खुले बरामदे में बाँहों से घेर

लिया। उसकी छाती में मुँह गड़ा कर हिलक-हिलक कर रोने लगी। गोहाल के कोने में खड़ा चंदन सब देख सुन रहा था। उस पर क्या बीत रही थी, उसने किसी को न बताया। कुछ गड़बड़ तो थी पर दिनेश और दुलहिन इतना बड़ा क़दम उठा लेंगे इसकी आशा न थी। वह पलटकर गोहाल की ओर गया। घूरा में आग लगाकर तख्त पर बैठकर सोचने लगा। साँझ ढल गई थी। अँधेरा पसर रहा था। मनस्वी चंदन का कर्तव्यबोध जागा। वह उठा दोनों लालटेनें साफ़ कर रोशनी कर दी। एक आँगन की ओलती में दूसरा गोहाल में टाँग आया। आँगन के बरामदे पर मैया बाबू शोकमग्न बैठे थे। घर में सन्नाटा पसरा था। लालटेन के हिलते डोलते वृत्तों के घेरे में सबकुछ रहस्यमय लग रहा था। उसने देर तक दोनों को देखा; वे उदास पत्थर के बुत लग रहे थे।

"मैयो, रोटी बना दे, भूख लगी है, उठ न।"—चंदन ने कहा। हिरनी वाली लरजकर उठी, चंदन को अंकवार में पहली बार ऐसे भरा जैसे छः माह का घुटरून चलता बच्चा दूध माँगने पास आया हो।

"चल मेरे बाबू, रोटी बनाती हूँ।"—चंदन ने चूल्हे में आँच सुलगा दी। छप्पर के बांस में लटकी बाल्टी उतारी, उसमें दूध था; औंटाने चढ़ा दिया। मैया ने रोटी पकाई। तीनों जने दूध रोटी खाकर तृप्त हुए। जाते-जाते मैया बाबू को कहा—"तुम्हारी पतोह हौलदिल है, दिनेश शहर बजार की चकमक का ब्योरा देता रहता था, उसका मन मचल गया होगा सो चली गई। इतना न सोचो।"

"बाबू, तुममें देव अंश है बेटा और वो छुतहर है।"

—मैया ने भरे गले से कहा। पिता को सहारा देकर चंदन ने खाट पर लिटा दिया और पैर सहलाने लगा।

आया है सो जायेगा, राजा रंक फकीर
सबका अपना करमफल, काहे होत अधीर

भरे गले से सोभन मंत्र की तरह पढ़ गया। चंदन ने लोटा में पानी भर खाट के नीचे रख दिया। मैया चटाई बिछाने लगी तो हाथ से लेकर कोने में खड़ा कर दिया। दूसरी खाट बाबू की खाट के बाजू में बिछा दी।

"मैयो यहीं सोया कर, रात-बिरात ज़रूरत हो तो बुलाना, हम तुरत आ जायेंगे।"—कहकर गोहाल की ओर चला गया। दूसरे दिन से कई बार औरतें मर्द आकर तरह-तरह की जिज्ञासायें करते। ये लोग चुप रहते। देखते-सुनते

एक दिन चंदन ने टोका—

"साहेब का नाम लेते हैं सत्संग करते हैं, काहे बोल वचन से तकलीफ़ देते हैं लोगों को? सब अपना काम छोड़कर चले आते हैं।"—लोगों ने आना बंद तो कर दिया पर खेत में, धूर पर, कुँआ तालाब पर कौन रोक देगा। चंदन अपनी व्यथा किसे कहे? वह अपने आपको काम में झोंक कर ही चैन पाता। खेती करना, गाय भैंस पालना, पिता की सेवा करना रूचता। सोभन ने एक ही जीवन में कई युग देख लिए। नब्बे साल के ऊपर के हो चले। लोग बाग उनसे पुराने क़िस्से सुनने आते थे, वे सब भी अब नहीं आते। इनके घर को अछूत की तरह समझने लगे थे। हिरनी वाली ने अपने आप को घरेलू काम में झोंक दिया था। गाय भैंस के लिए चारा काट कर लाती। गोबर चुनकर गोहाल बुहारती। गोयठा ठोकती और खाना भी बनाती। दोनों माँ बेटा ने पूरा घर सँभाल रखा था। हिरनी वाली जो कभी कोई काम नहीं करती उसे काम करते देख औरतें मजाक उड़ातीं। जब ट्यूब वेल पर पानी भरने जाती तो औरतें तमक कर कहतीं—ऊंह—

"बेटी की माए रानी
बुढ़ारी भरे पानी"

हिरनीवाली बिना कोई जबाव दिये पानी भरती रहती। विघ्नसंतोषी औरतों का मन बुझ जाता। ऐसे ही छः माह बीत गये। एक सुबह मुँह अँधेरे दुलहिन सोभन के पाँव के पास खाट की पाटी पर सिर रखकर धीमे-धीमे रोती पायी गई। सोभन अर्धचेतनावस्था में आ गये थे। हिरनी वाली भी जग गई। दुलहिन मैले-कुचैले कपड़ों में उजड़ी-उपटी सी बेहाल थी।

"अरी ओ कुकर्मी, तुझे हिम्मत कैसे हुई आने की?" दबी जुबान से दाँत पीसा हिरनी वाली ने। सोभन ने हाथ उठाकर रोका तथा चंदन को बुला लाने का इशारा किया। चंदन स्वयं गुलगुल सुनकर आ पहुँचा। दुलहिन की दशा देख वह सन्न रह गया। मैया लगातार गाली बके जा रही थी। स्वाभाविक ही तो था।

"मैयो, लौटकर घर आ गई है, बाक़ी बात बाद में; पहले इसको कपड़ा दो।"—हिरनी वाली ने उसकी ओर स्नेह से देखा। उसी की एक साड़ी ब्लाउज और पेटीकोट पकड़ाया और कहा—"ले जाकर नहा धो ले। एक बाल्टी पानी ऐंठार पर है। देवता छूआ था सीथ (मांग-सिंदूर के लिए) तुम्हारा।"—वह

उठी और कोने में चली गई। हाथ मुँह धो कपड़े बदल काँपती हुयी आई। आकर फिर बैठ गई। बेहद दुबली दुलहिन के चेहरे से लेकर सारे शरीर में फफोले पड़े थे। वह बुखार से तप रही थी।

"बाबू, ये क्या है? माता निकली है क्या?"—हिरनी वाली घबड़ा गई। चंदन ने देखा। हाथ पकड़कर उसे अपनी कोठरी में ले गया। उसे तेज़ बुखार था। तख्त पर चटाई बिछा लिटा दिया। तुरत गाय का धारोष्ण दूध लाकर मनुहार से पिलाया। दुलहिन को थोड़ी राहत मिली। वह भूखी थी।

"साहेब बनगी सामी जी, छिमा करिये।"—हाथ जोड़कर रोने लगी।

"वह सब छोड़ो, ई दसा कब से है?"

"खुजलाता था महिना दिन से, फोंका तो आज ही देखे हैं।"

"हम अभी डॉक्टर साहब के पास सेन्टर पर जाते हैं। तुम पड़ी रहो।"—वह आँगन की ओर आया।

"मैया, माता नहीं निकली है। हम सेंटर पर से दवा लाते हैं। दूध पीकर सो गई है। हम रौनक से मोटरसाईकिल लेकर जाते हैं। डॉक्टर साहब आ सकें तो ले आयेंगें।"—वह निकल गया हिरनी वाली मुँह ताकती रह गई। उसकी कोठरी में झाँककर देखा तो वह बेफिक्री से सो रही थी मानो जमाने भर की नींद समाई हो। हिरनी वाली ने चाय बनाकर रोटी के साथ सोभन को खिला पिला दिया। गोहाल जाकर गाय भैंस और बछड़े को नमा (पानी पिला) दिया। चूल्हा जोड़कर भात और साग का झोल बनाकर रख दिया। इस सब काम में एक डेढ़ घंटा लग गया। सोभन कम्पाउंडर को साथ लाया। डॉक्टर साहब ने उसे देखने भेजा था। चंदन फिर कम्पाउंडर को सेन्टर पर छोड़ दिया। कुछ एंटीबायटिक दवा वगैरह दी गई और मलहम की दो ट्यूब।

"पूरे शरीर में है सर फफोला।"—कम्पाउंडर ने कहा।

"इसीलिए दो ट्यूब मलहम है समझे?"—चंदन की सेवा से सारे घाव सूख गये। दुलहिन होश में आ गई। परन्तु कानोंकान पूरे गाँव में बात फैल गई कि चंदन बहू को कोई छूत की बीमारी लग गई है। घर में भी वातावरण बेहद बोझिल था। एक दिन चौका में हाथ बँटाने आने लगी दुलहिन तो सास ने झिड़क दिया, कहा कि पहले डॉक्टर से पक्का हो जाय कि तुम ठीक हो तो चूल्हा चौका छुओ। घर आँगन झाड़ो बुहारो, किनारे बैठी रहो। सोभन सूखकर काँटा हो गये थे। अब उनकी अंतिम घड़ी थी। वे पूरी तरह साकांक्ष

थे; घर का भारीपन समझ रहे थे। हिरनीवाली का परिश्रम, चंदन का कर्तव्यबोध और दुलहिन का सहमापन सब दीख रहा था। एक दिन हिरनी वाली को पास बैठाकर समझाया—"बहू से पूछो दिनेश ने उसके साथ क्या किया कि इस तरह बीमार हो गई। फिर यहाँ तक यह अमरूख जनेना पहुँची कैसे?"

"मेरे सामने उस देहजरूआ का नाम न लो। यह औरत भी कम हरजाई नहीं है? काहे अपने सोना जैसा मरद को छोड़कर उस लुच्चा के साथ गई?"

"माफ कर दो, टुग्गर है।"—सोभन ने हाथ जोड़ लिये। हिरनी वाली ने उसके काँपते हाथों को पकड़ लिया।

"काहे पाप चढ़ाते हैं, आप हमारे सिरपुरुष हैं।"—रोने लगी दुलहिन फिर से अपनी पुरानी रंगत पर आ गई थी, स्वस्थ सुंदर। गोहाल का सारा काम करने लगी। गोबर उठाना, सानी पानी देना, साफ़-सफाई, घूरे में चिनगारी लगाना। घास काटने भी जाने लगी। एकाध मनचलों ने शरारत करने की कोशिश की भी पर यह डरी नहीं, हँसिया जो हाथ में था। चौका से दूर थी सो चंदन को खिला-पिला नहीं सकती थी। चंदन इससे एक शब्द भी नहीं बोलता।

उस दिन चंदन बाज़ार गया था, दुलहिन ने गोहाल में घूरा जलाकर धुआँ कर दिया था। फागुन का उतरता जाड़ा सिहरन पैदा कर रहा था। वह बैठकर आग सेंकने लगी। पीछे चौकी पड़ी थी, उस पर सर टेककर सो गई। गहरी नींद में थी दुलहिन कि उसे गोद में भर कर उठाने लगा जैसे कोई। यह छिलमिलाती हुई छिटककर दूर हो गई। अँधेरे में कुछ सूझ न रहा था। पकड़ने वाले ने पुनः उसे अँकवार में भर लिया—"मुझे माफी दे दो दुलहिन, तुमको बहुत सताया, मेरे कारण तुम रनेबने भटकी, इतनी तकलीफ़ हुई। अब ऐसा न होगा, अपना दिल खोलकर दिखायें क्या कि कितना पछताये।"

चंदन की बाँहों में दुलहिन अवश होती जा रही थी। तख्त पर चटाई बिछी थी जहाँ हौले से उसे सुलाया और बाँहों में भरकर सो गया। आज सारे गिले शिकवे दूर हो गये, दोनों के आँसुओं की धारा ने सारे कलुष धो दिये। दूर कहीं सतसंग का समापन हो रहा था, खंजड़ी बजा कर समवेत स्वर में गा रहा था गाईन—

"सबका अपना करमफल काहे होत अधीर"

खेलत गेंद गिरे यमुना में

सुरबाला बी.ए. करने के बाद बी.एड कर रही थी, तभी उसका रिश्ता प्रभंजन सिंह के इकलौते बेटे निरंजन से तय हो गया। सुरबाला की माँ मिडल स्कूल की शिक्षिका थीं और पिता बैंक में एकाउन्ट्स क्लर्क। एक छोटा भाई था जो प्रमेही था, बीमार सा मंदबुद्धि। सुरबाला परिश्रमी पढ़ाकू लड़की थी। घर के काम में भी प्रवीण थी। माता और पिता ने एक छोटा सा घर बनाया था जिसमें थोड़ा अहाता भी था। उस अहाते में एक आम एक अमरूद और शरीफा का पेड़ था। एक तरफ़ साग सब्जी और फूल पत्तियाँ लगी थीं। पास ही दादा जी का गाँव था। दादा जी के दो बीघे ज़मीन पर मिरचे की खेती होती। गाँव में बड़ा पक्का मकान था। सुरबाला के पिता जनक सिंह पाँच बहनों के अकेले भाई थे। सबसे बड़े जनक और पीछे से पाँच बहनें। बारी-बारी से सभी बहनें जनक के शहरी घर पर रहकर स्कूल पास करती गईं। पिता मिर्च की खेती से ख़ासी कमाई करते थे। परन्तु सारी कमाई बेटियों के तिलक दहेज की भेंट चढ़ गयी। जनक बाबू ने बहनों की शादियाँ अपने से बड़े घरों में कीं। बेटी की शादी प्रभंजन बाबू के बेटे निरंजन सिंह से तय कर प्रसन्न थे। प्रभंजन सिंह के बड़े-बड़े तीन गोदाम थे। एक मसालों के गोदाम जिसमें हल्दी, मिरर्ची, धनियाँ अजवाहन मेंथी वगैरह था; दूसरा मकई का और तीसरा गेहूँ का। सब्जी का आढ़त तथा हाट लगाने का ठेका भी इनके पास था। यह सब इनके बाप दादाओं के समय से था जिसे इन्होंने बढ़ाया ही। प्रभंजन बाबू को राजनीति का चस्का भी था। स्वयं मैट्रिक फेल थे पर बेटा बी.ए. पास था। बेटा निरंजन राजनीतिक दाँव सीख रहा था। वह राजनीतिक रसूख बढ़ाने के लिए राजधानी की ओर ख़ूब दौड़ लगाता। प्रभंजन सिंह व्यापार के साथ राजनीति करते पर निरंजन को उससे बहुत मतलब नहीं था। सुरबाला को निरंजन ने कॉलेज में स्टेज पर गाते देखा सुना था। गेहुँए रंग की, गठीले बदन की सुरबाला इसे पसंद आ गई थी। बाद में पता चला कि सजातीय हैं। अपने

साथी संगी के द्वारा जनक प्रसाद के यहाँ अपनी चर्चा करवा दी। सुरबाला के मामा जी ने जोर देकर रिश्ता भेजा। दरअसल, जनक प्रसाद को यह बेमेल रिश्ता भेजते डर लगता। कहाँ ये नौकरी पेशा, छोटे किसान पुत्र, कहाँ वे बड़े आढ़तिये। पर उनके साले साहब जो कॉलेज में प्रोफ़ेसर थे, ने समझाया।

"अपनी सुरबाला सुंदर संस्कारी है। प्रभंजन बाबू को ऐसी ही बहू चाहिए।"

"अपने लोगों में लेन-देन चलता है प्रोफ़ेसर साहब, मैंने अपनी पाँच बहनों की शादी की है मैं जानता हूँ। आपने तो सिर्फ़ एक बहन की शादी की, वह भी मेरे जैसे गावदी के घर।"—जनक प्रसाद ने कहा।

"जीजाजी, आप न तो गावदी हैं न साधारण व्यक्ति। हमारे माता-पिता आप सा दामाद पाकर परम संतुष्ट हैं। मेरी बहन की इच्छा का मान रखा। पर एक बात सुन लीजिए, जहाँ सिर्फ़ अच्छी लड़की की माँग है वहाँ लेन देन नहीं चलता" एक साथी को लेकर प्रोफ़ेसर साहब प्रभंजन सिंह के यहाँ विवाह का प्रस्ताव लेकर गये। एक स्टूडियो में उतारी तस्वीर और लाल क़लम से लिखी कुंडली उन्हें दी गई, बदले में लड़के की कुंडली माँग लाए। दूसरे दिन ही प्रभंजन बाबू के यहाँ से ख़बर आई कि कुंडली का मिलान हो गया। प्रोफ़ेसर साहब ने अपनी ओर से कुंडली मिलाने की ज़हमत ही न उठाई।

"देखिये—जीजा जी, प्रभंजन बाबू ने एक प्रकार से स्वीकृति ही दी। अब देर न करिये, बात पक्की करने चलिये।"—जनक प्रसाद संभ्रम में थे। पत्नी सिन्धु देवी ने हिम्मत बढ़ाई।

"भैया कह रहे हैं तो जाइये, ऐ भैया बातचीत आप ही करियेगा। इनका मन नहीं देख रहे हैं, कैसा तो कर रहा है।"—मुस्कुराकर सिन्धु ने कहा।

"हम समझ रहे हैं सिन्धु। जीजाजी बेटी की इतनी जल्दी शादी नहीं करना चाहते हैं, क्यों जी?"

"सो तो है, मन था पढ़ाई पूरी कर लेती, कहीं काम से लग जाती।"—कमज़ोर आवाज़ में बोले।

"इसी शहर में रहना है, पढ़ाई पूरी होगी, नौकरी भी करेगी। ज़रूरत के लिए नहीं, शौक के लिए।"

आनन-फानन में सुरबाला की शादी तय हो गई। साँवले सलोने, छरहरे लम्बे जमाई को देख जनक प्रसाद का मन हरा हो गया, सारी शंका जाती रही।

प्रभंजन की बातचीत का तरीका सरल था। समझदारी भरे अंदाज़ में कहा—

"जनक बाबू, मेरे पास भगवान की कृपा से अपने और अपने बाप दादे की मेहनत का फल सबकुछ है। देखिये न जब पिताजी आढ़त, हाट और गोदाम का काम देखते थे तब इक्का ताँगा था जिस पर लदकर सामान आता और जाता था, घोड़ों की घुड़साल थी, बाबा के समय में बैलगाड़ी थी। अब हमारे पास पिक अप वैन से लेकर हाफ डाला फुल डाला के कई ट्रक हैं।"—हाथ उठाकर ऊपर वाले का आभार माना "ऐसे ही होता है।"—प्रोफ़ेसर साहब ने कहा।

"आप सिर्फ़ बारात को खिलाने का इन्तज़ाम करियेगा। वह भी एक रात। कोई कहीं ठहरेगा नहीं, सारे लोग लोकल हैं। रात में ही विदा हो जायेंगे।"

"जी"—जनक प्रसाद मुश्किल से बोल पाये। उन्हें अपनी बहनों की शादी याद आई। शादी के दूसरे दिन मंडप पर समधी को जिमाना कितना कठिन होता। पता नहीं सौजन्य खाने के पहले क्या माँग बैठे? जनक प्रसाद अभिभूत थे। प्रोफ़ेसर साहब ने जेब से निकालकर अशर्फी निरंजन के हाथों में दिया। मुँह मीठा किया गया दोनों तरफ़ से, लौटकर ख़ुशी-ख़ुशी घर आये। प्रभंजन बाबू ने अंदर के बुलावे पर निरंजन को ही भेजा। निरंजन ने उनके कानों में कुछ कहा। वे मुस्कुराने लगे।

"जनक बाबू, मलकीनी का विचार है कि अगले बुधवार को बहू को आशीर्वाद दे। आप अपनी मलकीनी को बता देंगे। उस दिन स्कूल से छुट्टी ले लें।"—आँखें गोल-गोल घुमाकर कहा उन्होंने।

"अरे, उनका अधिकार है, हम प्रतीक्षा करेंगे।" प्रोफ़ेसर साहब ने कहा।

"प्रोफ़ेसर साहब, आप पूरे इन्तज़ाम से गये थे, आपको भरोसा था?"—जनक प्रसाद ने कहा।

"उन्होंने जिस अंदाज़ में कुंडली मिलने की ख़बर सुनाई उससे कुछ तो पता चल ही गया था।"

"मुझे ताज्जुब हो रहा है।"

"ताज्जुब की क्या बात है? धनी मानी हैं ज़रूर पर पढ़े लिखे नहीं हैं। ख़ुद मैट्रिक फेल हैं, पत्नी मूरख। हाँ बेटा ज़रूर ग्रेजुएट हो गया। अब किसे पढ़ी-लिखी बहू नहीं चाहिए? आपने अपनी बहनों को पढ़ा दिया तभी तो अच्छे घरों में शादी हुई। दो बहनों ने एम.ए. तक पढ़ लिया ससुराल जाकर।"

"हाँ, मेरी वे दोनों बहनें पढ़ना चाहती थीं पर मजबूरी में शादी करनी पड़ी। अच्छा घर वर सस्ता सुभिस्ता में मिल गया था। देखिये भगवत्कृपा, उनकी इच्छा का सम्मान किया उसके ससुर ने। तभी तो पढ़ाई और नौकरी करती रही शांति से, है न?"—बेहद संतुष्ट भाव से बोल रहे थे जनक प्रसाद। निश्चित समय पर प्रभंजन बाबू की पत्नी अपनी सखी और रिश्ते की एक ननद के साथ सुरबाला को देखने पहुँची। सादा साधारण सा घर साफ़ सुथरा सजा-धजा था। दीवारों पर परिवार की तस्वीरों के अतिरिक्त पेंटिंग टँगी थी। हैंडी क्राफ्ट के बने फूल और सजावटी सामग्री भी थी। कुल मिलाकर ख़ुशनुमा माहौल था। प्रभंजन बाबू की पत्नी ने गुलाबी क्रेप सिल्क की चमकदार सलमे सितारों वाली साड़ी पहन रखी थी। उन्हीं के टक्कर की साड़ी उनकी ननद और सखी ने भी पहनी। ख़ूब भारी, गहने और मेकअप में थी। आते ही मकान उनके विविध गंध में डूब गया। सबों ने उल्टा पल्ला ले रखा था।

सुरबाला ने हाथ की कढ़ाई की पीली वायल पहनी। साड़ी मे बूटियाँ कढ़ी थीं। कान और गले में मोती बस। उसकी अम्मा ने भी कढ़े हुए किनारे की गुलाबी रंग की वायल पहनी। दोनों साड़ियाँ सुरबाला ने ही काढ़ी थी। सुरबाला की मामी यानी प्रोफ़ेसर साहब की पत्नी ने तसर की साड़ी पहनी थी। दोनों परिवार की स्त्रियों को देखकर इनके बीच की एक गहरी खाई का दर्शन अनायास ही हो रहा था, इसमें कोई मुश्किल भी नहीं थी। नाश्ते सारे घर के बने थे, समोसे, कटलेट, बेसन के लड्डू और ठकुआ। किसी प्रकार की पूछताछ का कोई मतलब नहीं था। आते समय प्रभंजन बाबू ने कह दिया था—"शादी तय हो चुकी है, आपलोग आशीर्वाद देकर चली आइये। फालतू गपशप नहीं। वे लोग पढ़े लिखे हैं, आपकी तरह लिख लोढ़ा पढ़ पत्थर नहीं सो चुप रहने में ही भलाई है। हम अब अपने घर का संस्कार बदलना चाहते हैं।"

सो अगर मन में कोई प्रश्न कोई तंज कुलबुला भी रहा होगा तो उस पर पानी पड़ गया। नाश्ता पानी चख सासूजी ने सुरबाला को बुलवाया और एक भारी हार पहना कर आशीष दिया। समधने गले मिलीं और ख़ुशी-ख़ुशी रूखसत हुई।

सुरबाला और निरंजन की शादी निष्टकंटक पूरी हुई। एक छोटे से फ्लैट से उठकर वह बड़े मकान में आ गई। उसके घर के सामने अच्छी ख़ासी ज़मीन

ख़ाली थी। उस ज़मीन का थोड़ा सा भाग सिमेंट से पक्का किया हुआ था, बाक़ी में क्यारियाँ थीं। फूल और कुछ फल लगे थे मसलन बेर अनार, अमरूद और आम के एक एक पेड़। सब्जियों की क्यारियों में बैगन, भिण्डी, मिर्च लगे होते। पिछवाड़े केले के पौधे थे, लतरें उगायी जाती सेम लौकी इत्यादि। फूल पत्तियों की निराई-गुड़ाई में सुरबाला अपने पिता का साथ देती। ससुराल के घर में आकर उसने देखा कि बड़े से लॉन में कभी कलकतियाँ हरी घास लगी होगी जो बिना किसी रख-रखाव के कालकवलित हो चुकी है। क्यारियों की ईंटें उखड़कर बेतरतीब पड़ी थीं। गेंदा, बेली और गुलाब के मरे-गिरे पौधे यह बयान करते थे कि किसी ने बागवानी का शौक कभी पाला होगा। चौका का भी वही हाल था। बड़ा और साफ़ सुथरा किचन का सिंक तथा नल से लैस पर सब कुछ बेतरतीब। भीतरी बैठक का मखमली सोफा ठीक ठाक था। सजावट की कोई सामग्री नहीं थी, न ही किताब की आलमारी। पूजा घर बड़ा सा था जहाँ किसी एक पिंड की पूजा होती थी। दीवारों और आले पर देवताओं के फोटो रखे थे। सासू माँ नहा-धोकर पिंड लीपतीं और सभी देवताओं की तस्वीर को अगरबत्ती दिखातीं। अंगनई में बने कंगूरेदार तुलसी चौरे पर साँझ चढ़ते ही तिल के तेल वाले दिये जलातीं।

बहू को देखने आई औरतों ने दहेज में जो सामग्री देखी उससे उत्साहित होकर कहा—

''तनपूरा हरमुनिया लेकर आई है दुलहिन, कुछ भजन-उजन सुनायी न।''

''ऐ प्रभंजन वो एगो कीर्तन रखो अपने घर में।''—एक बुजुर्ग स्त्री ने निर्देश दिया। हफ्ते भर बाद कीर्तन का आयोजन हुआ। झोटिया पंच का झमकौआ कीर्तन जिसे सुनने को बाहरी बैठक में पुरुषों का जमावड़ा लगा था। सुरबाला का साथ कुछ सुरीली लड़कियाँ दे रही थीं। ऐसे ही मास दिन बीत गये। प्रभंजन बाबू के लॉन में क्यारियाँ करीने से बन गईं। फूल पत्ती लग गये। चौका पूजाघर सज गया। सुरबाला की धाक ससुराल में जम गई। सासूजी के पैरों में तेल, केश में मेहंदी लगाकर उनकी दुलारी बेटी बन चुकी पर निरंजन का मन रीता ही रहा। निरंजन ने अपने जिगरी दोस्त राजेश से अपनी माँ को कहवाया। उसे शर्म आ रही थी।

''चाची, आपलोग भाभी को बकोट के धर ली हैं, निरंजन का कोई

फिकिर है?''

''आंय, त' दुलहिन उसी की न है? हम कहाँ बकोट के रखे हैं? साथे कॉलेज जाता है, साथे तो रहता है।''

''अरे चाची, ई लोग को हनीमून में भेजिये, पहाड़ पर; बोले बतियावेगा एकान्त में। आजकल सब जाता है।''

''ई सब चोंचलाबाजी सिनेमा टाइप का तू लोग ठाकुर बराहमन में होता है। हमलोग...''

''अहह चाची, छोट बड़ क्या सब आजकल जाता है।''—बात काट कर बोला राजेश ठाकुर। बात सटीक जगह पर जाकर लगी थी। अम्मा ने बाबू को कहा, निरंजन और सुरबाला का टिकट दार्जिलिंग के लिए कट गया। होटल बुक हो गया। सुरबाला के मन में भी हज़ार सपने थे। एक दिन के बाद ही राजेश ठाकुर आ धमका था। फिर तो दौर चल पड़ा शराब और सुन्दरी का। सुरबाला को पिया अधाया आधा-अधूरा निरंजन मिलने लगा। वह अक्सर होटल की खिड़कियों से वादी निहारती रहती। हफ्ते भर की मौज मस्ती के बाद ये घर लौटे। निरंजन वैसा ही ताजगी भरा और सुरबाला बुझी-बुझी सी। अब वह पुरानी वाली नहीं रही, उत्साही, न्यौछावर स्नेही। सास ने लक्ष्य किया, तो मनुहार कर पूछने लगी। सुरबाला समझ रही थी कि निरंजन के इस स्वभाव और चरित्र को अम्मा नहीं जानती होंगी। पीना भी अभी धड़ल्ले से शुरू नहीं हुआ था। परन्तु यह इसकी ग़लतफहती थी। अगले ही माह पता चला कि सुरबाला माँ बनने वाली है। दोनों परिवार में हर्ष की लहर दौड़ गई। सन्तान कम होने के कारण इस बच्चे की सख्त ज़रूरत थी। पहली सन्तान पुत्र ही हुआ। बड़ा जश्न रहा। सासू माँ ने कहा सुरबाला से—

''ऐ दुलहिन, तुम अपने बेटे को अपने जैसा बनाना। मेरे बेटे जैसा बनने न देना।''—सुरबाला ने चौंककर उन्हें देखा। चेहरे पर निराशा के आँसू थे जो तुरत हट गए। एक सीधी-सादी औरत कितना कुछ अपने अंदर समेटे रहती है, वह सोचने की बात थी।

निरंजन ने सुरबाला को एम.ए., बी.एड. करने दिया। हाई स्कूल में नौकरी तक करने दिया। समाज के सामने उसकी छवि लिबरल पति की थी। यह सीधे-सीधे अगड़ी जाति के समकक्ष पहुँचने का साधन था। सुरबाला अब अपने पति को अच्छी तरह पहचान गई थी। कॉलेज से लेकर नगर निकाय

के चुनाव में नेताओं के पीछे-पीछे अपनी गाड़ी लेकर लगे रहते। बैठक और दालान पर तरह-तरह का जमावड़ा लगा रहता। खाना-पीना, झगड़ा-टंटा सब होता रहता। प्रभंजन बाबू सकते में रहते पर उन्हें आश्वासन देता कि राजनीति में जाना है, यह सब करना ही पड़ेगा। परिचय बढ़ाने के लिए यह सब कर रहा है। नेताओं में सबसे निकट गुट्टन महतो हो गये थे। गुट्टन महतो एक बार लोक सभा और दो बार विधान सभा हो आये थे। मंत्री भी रह चुके हैं। उनके लिए जान हाजिर रहता निरंजन का। लगातार उनके साथ यात्रायें करता अपनी गाड़ी से ही। इन दिनों निरंजन उन नेताजी के साथ मिलकर ज़मीन ख़रीद बिक्री करने लगा। तुरत फुरत अधिक पैसा कमाने का चस्का लग गया था इसे। प्रभंजन बाबू ने समझाया—"तुम्हें किस बात की कमी है? आढ़त और गोदाम है ही सो कभी ख़ाली नहीं रहता। घर में घरनी होशियार है तुमको निफिकिर किये रहती है। ई महतो बाबू जैसे को इलेक्शन के समय लाख लीख पकड़ा दो, उसके रास्ते पर क्यों चलना?"

"बाउजी आप रहे आढ़तिये ही न! हम कुछ ऊँचा सोच रहे हैं तो आपको अच्छा नहीं लग रहा है।"

"अरे बेटा तुम सीधे हो।"—प्रभंजन को क्या पता कि उनका बेटा कितना आगे निकल गया है। उसने एक एन.जी.ओ. ख़रीद लिया था। महिला एवं बाल विकास की सरकारी योजनाओं का लाभ लेने के लिए यह पहला क़दम था। एन.जी.ओ. की सचिव अपनी पत्नी सुरबाला को बनाना चाहा था पर उसने बड़ी कठोरता से मना कर दिया।

"मैं दस से चार बजे तक स्कूल की नौकरी करती हूँ। घर में अम्मा बाबूजी और दो छोटे-छोटे बच्चे हैं; समय कहाँ है मेरे पास?"

"अरे करूँगा मैं सबकुछ, तुम्हारा नाम रहेगा। महिला का नाम रहना चाहिए। तुम पढ़ी-लिखी हो ही।"—दुलारते हुए कहा था।

"किसी पढ़ी-लिखी महिला को रखिये। एक ही स्त्री से तो काम नहीं चलेगा न!"—निरंजन समझ गया यह न मानेगी। तरह-तरह के केन्द्र खुलने लगे। आँगनवाड़ी, बालबाड़ी और बाल तथा महिला सुधारगृह। एक दिन महतो जी की गाड़ी दुर्घटनाग्रस्त हो गई। वे हाइवे के किनारे लुढ़के पड़े मिले। पोस्टमार्टम में साफ़ पता चला कि उन्होंने जमकर नशा किया था, नशे में ज़हर मिलाया हुआ था। निरंजन छाती कूट-कूट कर रोया पर बच न सका। हत्या

के आरोप में जेल चला गया। बेल कराने में लाखों चार्ज हो गये। प्रभंजन बाबू यह दुःख बर्दाश्त न कर सके। प्रभंजन बाबू चल बसे। निरंजन को एक हथकंडा मिल गया। अपने और महतो जी के वोटरों को रो-रोकर इकट्ठा कर लिया।

"देखिये हमारी जात जमात के दुश्मनों ने क्या किया है, पहले मेरे गुरु महतो जी को हमसे छीन कर उल्टे तोहमत मढ़ दिया। उसी व्यथा से मेरे बाऊजी चले गये। हम तो अनाथ हो गये।"—जात जमात पिघल गई। रात में राजेश ठाकुर और उसके गुर्गे बैठक में ठहाका लगाते, पीते-खाते ठुमके लगाते रहे। अब सुरा सुन्दरी के लिए घर में भी रोकने वाला कोई नहीं था। नशे में सुरबाला को छेड़ने लगता तो वह छिटक कर दूर चली जाती। निरंजन गालियाँ देने लगता। सुरबाला नागदह में रह रही है। पूरा दह ही विषैले नाग से अँटा पड़ा था। सुन्न पड़ती जा रही थी। किसी बंसरी वाले को पुकार सके यह कुब्बत नहीं बची थी। कोई नागनथैया करने वाला नहीं दीख रहा है। बेबस-सी ज़हर अपने अन्दर उतरता देख रही थी।

ससुर प्रभंजन बाबू को अपनी बहू सुरबाला पर जितना गर्व था उतना ही भरोसा भी था। मुंशी एकाउन्टेन्ट को सालों से फाइनल हिसाब उसे ही दिखाने कहते। बैंक का सारा खाता इसी के पास रहता। इन दिनों निरंजन अक्सर आढ़त से पैसे उठाने लगा। एक दिन सुरबाला ने टोका तो कहा—"घबड़ाती क्यों हो, एक दिन सूद समेत लौटा दूँगा। राजनीति वैसे ही नहीं चलती।" माता पिता और सास ससुर गुज़र गये पर वयोवृद्ध मामाजी प्रोफ़ेसर साहब स्वस्थ थे। सुरबाला उनसे मिलने यदा कदा जाया करती।

"बेटी सुरबाला, तुम ठीक तो हो न।"—उसके गिरते स्वास्थ्य को देखकर चिंता से पूछा था।

"मामाजी, डायबिटीज और ब्लडप्रेशर से परेशान हूँ।"

"ठीक से दवा लेती रहो, स्वस्थ रहोगी। निरंजन की इन दिनों ख़ाली बदनामी हो रही है।"—पूछा उन्होंने।

"राजनीति में हाथ आजमा रहे हैं मामाजी, आप तो जानते हैं काजल की कोठरी है।"

"हूँ, पर तुम सावधान रहना।"—मामाजी ने सुरबाला के चेहरे पर उदासी देख ली थी।

निरंजन का कारोबार बढ़ रहा था। उसके एन.जी.ओ. के बड़े-बड़े सेमिनार होते, मंत्री नेता आते रहते। घर पर भी जश्न रहता। सुरबाला भी गाहे-बगाहे मिलती रहती। ऐसे समय में चुनाव का डंका बज गया। निरंजन के लिए बड़ा अवसर था। परन्तु वह महतो जी की हत्या का आरोपी था सो उसे टिकट मिलना नहीं था। उसे सब कुछ अपने हाथ से जाते दिख रहा था। तभी राजेश ठाकुर आया। वही इसका मुख्य सलाहकार भी था। उसने कहा—

"भाभी जी को टिकट दिलवा दो।"—निरंजन खिल उठा। उसने सुरबाला की तरफ़ से अर्जी दे दी। मुँहमाँगी रकम आलाकमान के खाते में जमा कर दी। लेकिन घर में वितण्डा उठ खड़ा हुआ।

"मैं राजनीति में नहीं जाने वाली, आपने मेरा नाम क्यों दिया? सुरबाला ने कड़े शब्दों में कहा।

"तुम कहाँ राजनीति कर रही हो? वह तुम्हारे वश की बात है भी नहीं। तुम एक छवि हो, साफ़ सुथरी गुरुजी की छवि मानो निरंजन के चेहरे पर एक बेदाग मुखौटा बस।"

"मुझे नहीं बनना है आपका मुखौटा।"

"बनना तो पड़ेगा।"

"जबरन बना लेंगे? मैं यहाँ से चली जाऊँगी।"—निर्णय सुनाया।

"बदजुबान, बदजात तुम जाओगी कहाँ और कैसे? मेरे चंगुल से कोई बच पाया है क्या? महतो की राह पर चली जाओगी समझी।"—निरंजन की आँखों में ख़ून उतर आया; उसने सुरबाला की चोटी पकड़कर खींचा और धरती पर पटक दिया। लात-घूसों की बरसात करने लगा, सुरबाला अचेत हो गयी।

"अरे छोड़िये महराज, भाभी जी को मार डालेंगे क्या?"—इतनी देर से पिटने देकर राजेश ठाकुर आगे बढ़कर खीच लिया।

"देखते नहीं, इस भिखमंगी गुरुआईन का गुरूर?"

"समझाने से ही काम चल जाता।"

"नहीं भाई, आपको क्या पता, यह बिस्तर पर तो समझाने से मानती ही नहीं, इसमें क्या मानेगी।"—अनायास एक दुखती रग उजागर कर दी राजेश ठाकुर के सामने।

जबरन सुरबाला को चुनाव लड़ना पड़ा। जीत गई तब मंत्री भी बनना पड़ा। कैबिनेट तक में निरंजन पीछे रहता। घर के दफ़्तर में मंत्री की कुरसी

पर निरंजन विराजमान रहते। सुरबाला मात्र हस्ताक्षर करती मुख्यमंत्री के साथ। अख़बारों में तस्वीर मंत्री जी की होती काम निरंजन करता। कई बार महिलाओं की टीम से निरंजन उपेक्षा के शिकार हुए थे। उनकी नज़र में बहुत कुछ आ गया था। अक्सर सजग स्त्रियाँ घरों में प्रताड़ित होतीं। उन्हें उपेक्षा और प्रताड़ना का सारा हथकंडा मालूम था। सुरबाला की गंभीर चुप्पी का अर्थ समझ में नहीं आता।

उस दिन जब निरंजन और राजेश ठाकुर जघन्य अपराध में पकड़े जाने वाले थे सुरबाला अपने कक्ष में सो रही थी। अचानक हाँफता हुआ निरंजन आया और कुछ कपड़े बैग में रख जाने लगा। सुरबाला हक्की-बक्की होकर उसकी घबड़ाहट और हड़बड़ी देख रही थी।

"क्या घूर रही हो, मैं फरार हो रहा हूँ। मेरे बारे में मुँह खोला तो तुम्हारे भाई और उसके बच्चों को काटकर गंडक में बहा दूँगा।"—गाली देता हुआ अँधेरे में गुम हो गया। अख़बारों में, टी.वी. रेडियो में सड़कों पर मंत्री की गिरफ्तारी के लिए आन्दोलन सा छिड़ गया। सुरबाला बिना किसी कसूर के जेल चली गई। बीमार अशक्त टूटी हुई सुरबाला क्या कहे। मौत के दिन गिनने के सिवा उसके पास विकल्प कुछ नहीं। कोई उसकी सहायता को आगे नहीं आनेवाला क्योंकि वह कभी सच नहीं बोलेगी। कभी नहीं। निरंजन और राजेश ठाकुर सीमा पार कर गया है, पता नहीं जब लौटे तब उसका चेहरा ही बदल जाये। ऐसे ही अनेक बदले हुए चेहरों से नई-नई तकनीक ईजाद करे यह चतुर ब्याधा फाँसने को पंछी।

✤ ✤ ✤

मुझे ले चलो : भूरवी दूँ

बेहद नर्म साँझ! काँस के नर्म फूलों से आच्छादित खेत खलिहान। प्रेमियों का स्वर्ग। कई जोड़े छुप-छुपकर मिलते, योजनायें बनाते आगामी जीवन के। सुभग यादव बड़े सम्पन्न और रसूखदार घर का चश्मे-चिराग तथा जगतारिणी उसी गाँव के विपन्न पंडित की बेटी। दोनों का प्रेम उनके हमउम्रों को पता था, क्योंकि स्कूल जाने-आने के बीच यह पनपा था। बात पंख लगा कर घर-घर पहुँच गई। सुभग को उसके दादा जी ने दालान पर सभी चाचाओं, भाई बहनों के सामने डाँटा—"सुभगा, तुम्हारी शादी पूरब पार के लखेन्दर मंडल के घर तय कर दिया है, जादे हाथ पैर न निकाल। पता है लखेन्दर बाबू केतना बड़े नेता है, पूरा परिवार पढ़ा-लिखा जिमीदार है।"—हाथ उठाकर कहा।

"तोरो से बड़ा नेता बाबा जी?"—टिमकी ने आँखें फैलाकर पूछा। मँझले बेटे की बेटी को बचपन में ममरखा बीमारी हो गई थी, सो कोई तीन-चार साल तक उसके हाथ पैर सींक सलाई से और पेट ख़ासा बड़ा हाड़ी-सा रहा। तभी उसके असली नाम निर्मला को भूल कर लोग टिमकी कहने लगे, सिर्फ़ उसकी दादी उसे नीरो कहकर बुलाती। वह दादी की मुँह लगी थी।

"हम तो उसके सामने कुछ नहीं हैं, वह हाथी तो हम चुट्टी।"

"हाथी? बाप रे बड़का अरना भैंस जैसा तुम ही हो, ऊ और मोट?"

टिमकी को बात पर दादा जी हँस पड़े थे, पास खींच कर सिर सहलाने लगे थे। सोच रहे थे बड़ी भोली है। तभी तो उसने अपने साथ पढ़ने वाले जगतारिणी और सुभाग भैया को प्रेम कहानी बयान कर डाली।

"बाबा हो, सुभग भैया और जगिया राधा-किसुन जैसा लगते है।"

बाबा हरिचन यादव का माथा ठनका। अरे, यह क्या सारा खेल चौपट्ट। सुभग होनहार लड़का है, मैट्रिक पास अच्छे नंबर से किया है। देखने में राजकुमार जैसा रूप है। उसकी राधा मंडल जी के घर से आयेगी। हरिचन

यादव ने बात को मोड़ा। लेट गये चौकी पर। यह उनका विशाल दालान था जिसमें एक कोने में बड़ी-सी चौकी बिछी थी। उस पर पुआल बिछा था, पुआल के ऊपर मोथा घास की बुनी हुई गद्देदार चटाई, चटाई के ऊपर दुसुती खादी की चादर बिछी थी। चादर फूलदार थी चटक रंगों की। दो मसनद थे बड़े, मोटे, गोलाकार। हरिचन यादव उसी पर सिर रखकर सोते। दूसरे कोने पर कुछ नीचे मचान थे बाँस की खपच्चियों के, जिस पर शाम ढलते ही लोग जुट जाते। दो और चौकियाँ अपेक्षाकृत छोटी बिछी थीं, उस पर चटाई मोड़कर रखी रहती। कोई आता तो बिछा दिया जाता।

हरिचन बाबा लम्बलेट हो गये और बच्चों से अँगुली चटकाने से लेकर मुक्की मारने हाथ पाँव दबाने की फरमाइश कर दी। बच्चों का यह आनन्दी काम था। सुभग, रमन दो चचेरे भाई हमउम्र थे और एक ही कक्षा में पढ़ते थे। रागिनी की शादी हो गई थी। गौना न हुआ था, टिमकी तो छोटी थी, बंकू और टिमकी हम उम्र थे और साथ ही एक कक्षा में पढ़ते। इस तरह इस घर से हाई स्कूल में तीन लड़के और सिर्फ़ एक लड़की टिमकी स्कूल जाती। दो साईकल घर से मिले थे जिस पर लदकर पाँच लोग जाते। गाँव के कम ही बच्चों के पास यह साईकल थी। बाक़ी बच्चे कूदते-फाँदते स्कूल पहुँचते। अक्सर सुभग साइकिल छोड़कर चला जाता क्योंकि उसे जगतारिणी उर्फ जागो उर्फ राधा से बातें करनी होती। गाँव के सभी बच्चे जागो को राधा कहते और सुभग को कृष्ण। अभी इन बालक-बालिका को इल्म नहीं था कि जात-पाँत आड़े आयेगा। शादी-ब्याह की बात बाबा को कहने पर दिमाग में आई वरना पता ही न था। पके पकाये खेती-किसानी करने वाले मुखिया कोटि के बाबा नगर-नगर घूमते, राजनीतिक गलियारों में पैठ बनाते, अपनी राह बना रहे थे। वैसे भी जातीय वर्गीकरण को जानने वाले इस प्रकार की प्रेमी जोड़ी का हश्र ख़ूब समझते। परन्तु यहाँ सबसे बड़ा सवाल था हरिचन यादव का ऊँचे रसूखदार घर से जुड़ने का। सुभग प्रतिभा सम्पन्न पोता ही इन्हें कामनाओं का भवसागर पार करायेगा, यह क्या हो रहा है। नः यह सब होने न देंगे।

पैर, पिंडली और सिर बदाते बच्चों को बरहकेसी रानी की कथा रच-रच कर सुनाने लगे। 'टिमकी, कभी बरहकेसी रानी को देखी हो?'

'उहुँक'—टिमकी ने सिर डोलाया, साथ में सभी छोटे-बड़े बच्चों ने सिर ना में हिलाया।

"हम देखे है। पुरबिया लखेन्दर बाबू की पोती ही बरहकेसी है।"

"ऐं ?-सभी बच्चे चौंक उठे। सुभग और रमन कथा से इतर भी कुछ समझ रहे थे। इनकी मसें भीग रही थीं, ये जवानी की दहलीज पर खड़े थे। कथा टिमकी और छोटे बच्चों के लिए नहीं, सुभग और रमन के लिए कही जा रही थी। तभी गाँव के कुछ लोग आ गये। बच्चे छुट्टी पाकर फुर्र हो गये। बारहवीं में पढ़ने वाला रमन, सुभग ने देखा ग्यारहवीं में पढ़ने वाली जगतारिणी कुमारी तीन दिनों से स्कूल नहीं आ रही है। उसके घर के पास की लड़कियों ने कहा—"जागो को स्कूल आने की मनाही हो गई है।"

"क्यों ?" पूछा सुभग ने।

"तुम्हारे बाबा ने पुरहित काका को धमकाया। कहा कि इस गाँव से उजाड़ देंगे। बेटी को स्कूल भेजना बंद करो।"—सुभग सब समझ गया। पर कुछ बोल नहीं सकता। उसकी आँखों के सामने जगतारिणी की बड़ी-बड़ी काली आँखें प्रश्न करती सी दीखीं। जुगाड़कर वह मिला उससे। उसके पिता ने बड़ी बेरहमी से उसे मारा कि यह लड़की पगलवी धूल-धूसरित कर गई। पहले तो उस कुजात ग्वाला के बेटे से लाग-डाट कर बैठी फिर समझाने पर कहती है कि प्रेम करती है। अभी प्रेम का भूत उतर जायेगा। दोनों तरफ़ से रोक हो गई। इन्हें कुछ न सूझा, एक-दूसरे के प्रेम में डूबे दोनों मृगछौने से प्रेमी भाग खड़े हुए। पुरोहित और उसकी पत्नी ने सिर ठोंका-क्रोध से पैर पटकते बोले—

"यह तो भला है कि दूर-दूर में कोई घर अपनी जात का नहीं है, सो इज्जत थोड़ी तो बची। ए जी, सिमरिया चल के श्राद्ध कर आवें।" यह सब हो ही रहा था कि हरिचन यादव ने निकटवर्ती थाने में केस कर दिया। सुभग और जगतारिणी पकड़े गये। नाबालिग थे, दोनों दो रिमांड होम में रखे गये। भागे हुए दोनों किशोर लुकते-छिपते एक दूसरे से जनम-जनम का साथ निभाने का वादा करते न थकते। जगतारिणी को अपने पागल प्रेमी पर पूरा भरोसा था, सुभग को अपने आप पर विश्वास कि हम फिर मिलेंगे। अलग-अलग सुधारगृह में जाते-जाते इन्होंने आँखों ही आँखों में एक-दूसरे को परस्पर आश्वस्त किया। बिना किसी रीति-रिवाज में बँधे ये एक-दूसरे के हो चुके थे। रिमांड होम का जीवन जगतारिणी का मानो नरक था। घबराई सकुचाई सी प्रवेश करते ही उसे संचालिका का सामना करना पड़ा। पतली दुबली सी

साँवली काया वाली, क़ीमती कपड़ों और गहनों से लदी मैडम ने कड़क कर पूछा—'बड़ी आग लगी थी शरीर में कि इसी उमर में यार के साथ भाग आई? बढ़िया जगह पहुँची हो, सारी आग बुझ जायेगी।' टेढ़ी मुस्कान थी। जगतारिणी ने उसकी बात समझी ही नहीं। पर जाने क्यों, तीर-सी बेध तो गई। लहजा और चेहरे की तिर्यक मुस्कान। फिर कुर्सी पर बैठ गई रजिस्टर लेकर।

"नाम क्या लिखें?"

"जी जगतारिणी।"

"यहाँ यह नाम नहीं चलेगा, आज से तुम्हारा नाम हुआ नीतू, समझी?"

"जी"—इसका हलक सूख रहा था। एक स्टाफ इसे अन्दर ले गई। अन्दर, पन्द्रह बीस हर उम्र की औरतें थीं। कुछ इसकी उम्र की भी थीं, कुछ बड़ी लेकिन किसी के बदन पर पूरा कपड़ा नहीं था। स्टाफ ने इसे धकेल कर कहा—जा बैठ, ज़रूरत होगी तो बुलाई जायेगी। जाते-जाते बरामदे के किवाड़ बंद करती गई। अब अनायास इसकी आँखें भर आई। बड़ी औरतों ने डपटा—"क्या रोना-धोना मचा रही है। चुप रह।"

"ज़िन्दगी भर रोना ही है, अभी सारा आँसू बहा देगी?"—दूसरी ने कहा। इनमें से एकाध को छोड़कर सभी प्रेमी के साथ भागी हुई औरतें थीं। दूसरे ही दिन नीतू बनी जगतारिणी तथा दो अन्य युवतियों को साबुन, साफ़-चमकीले कपड़े और शृंगार के सामान संचालिका ने भेजे। खाना भी खाने को दिया गया। नीतू हैरत में थी पर साथी लड़कियों ने आँखों में आँसू भर कर खाया। उम्रदार औरतों को अपने भोजन में से आँख बचाकर युवतियों ने दिया क्योंकि उन्हें वही पानी जैसी कंकड़ वाली खिचड़ी दी गई थी। उम्रदार औरतों ने नीतू को समझाया कि उसे कहाँ जाना है। किसी रसूखदार अमीर या नेता के यहाँ जाना है। नीतू घबरा कर रोने लगी। उनमें से एक औरत ने डपट कर कहा—"यार के साथ जो कर चुकी है, वही सब तो होगा चुप रह।"

"ऐसा था तो घर से भागी क्यों थी?"—दूसरी थी। रोने कलपने से क्या होता। नीतू तो पहले ही प्यार में फिसल कर बियाबान में खड़ी थी। अब उसकी देह अपनी न रही। रोज़ बिकने लगी। बिना किसी कैलेंडर वाले रिमांड होम में रहते उसे कई साल गुज़र गये। वह मात्र तीन महीनों के लिए आई थी। कोई लेने न आया। पिता ने सचमुच सिमरिया घट जाकर श्राद्ध कर डाला। प्रेमी के बाबा तीन माह पूरा होते ही उसे छुड़ा ले गये। घर जाकर अपने हमउम्र

भाई से पूछा कि, "क्या जगतारिणी का कोई अता-पता है?" भाई ने बताया कि—पुरोहित जी का परिवार अब गाँव में नहीं रहता। उसे छुड़ाकर वे ले गये। एक आह भरने के सिवा वह क्या कर सकता था। कड़ी निगरानी में पढ़ाई और परीक्षा में लग गया।

हरिचन बाबा का राजनीति में कद बढ़ने लगा। अपने इलाके के सर्वमान्य नेता जो थे। इनका खपरैला कच्चा दालान अब पक्का हो गया था। एक कोठरी निकाल दी गई थी जिसमें नये काठ का पलंग और सोफासेट सजा था। खुले में कुर्सियाँ और बेंचें रखी थीं। एक बार मंडल जी इलाका घूमने आये थे। तब जेनरेटर से रोशनी का प्रबंध किया गया था। कबीर की बंदगी के बहाने इलाके भर के कबिरहे इकट्ठे हो गये थे। मंडल जी के सामने यह यादव जी का शक्ति प्रदर्शन ही था। बड़े-बड़े खेतों के कित्ते और तबेले में गाय भैंसे, बैल इत्यादि देख सम्पन्नता का अहसास हो गया था। मंडल जी ने अपने मँझले बेटे की साँवली नकचढ़ी नातिन का रिश्ता सुभग के साथ तय कर दिया। सुभग ने बी.ए. पास कर लिया था, बाबा के साथ आज्ञाकारी बना रहता। लखेन्दर मंडल को लड़का अपनी काली माई नातिन के लिए उपयुक्त लगा। अपने गले से मोटी सोने की चैन निकालकर पहना दी गले में और गाँव घर की औरत मर्दों के सामने छेका कर दिया।

"समय रहता तो पुरोहित को आनगाँव से बुला लेते प्रभु।"—हरिचन ने मंडल जी से कहा हाथ जोड़कर। "इतने लोगों के सामने हम दोनों परिवार एक-दूसरे से संबंध जोड़ने का संकल्प ले रहे हैं, यह बहुत है यादव जी। ये ही गवाह है। बाक़ी पुरोहित का काम शादी में।"

"हम भी आते मंडल जी, पतोह के लिए कुछ फर्ज है कि नहीं?"—यादव जी की बात पर मंडल जी हँस पड़े। विदा हो रहे थे तब याद दिलाने पर सुभग ने लखेन्दर मंडल के चरण छुए। बड़े लाव-लश्कर के साथ हरिचन यादव लड़की छेकने पहुँचे। एक सौ एक दही, चूड़ा, खाजा लडडू का भार लेकर। शादी भी उतने ही लाव-लश्कर के साथ हुई। चानन नदी के पूरब-पश्चिम लोगों का कुटुम्ब का रिश्ता पक्का हो गया। एक-दूसरे को मीठी गाली देने का सर्टिफिकेट मानो मिल गया। अगले चुनाव में इस संबंध ने मंडल जी को पहली बार लोकसभा भिजवा दिया। हरिचन फूले न समाते। अब इनके दालान पर अफसर नेता बैठने लगे। बेटे को सड़क की, पुल की ठेकेदारी मिल

गई। सुभग के दिल का हाल तो कोई नहीं जानता था, हाँ, वह चालाक ठेकेदार हो गया था। खादी का कुरता पाजामा और जैकेट उसके भरे-भरे मूँछों वाले व्यक्तित्व पर ख़ूब फबता। राजधानी में मकान पर मकान बन गये। बाज़ार बन गया। मॉल की योजना बन गई। पर गाँव का घर खेत, बगान और तबेला नहीं छूटा। पहले दूध से क्रीम निकालने के लिए दो मशीनें चलती थीं, अब दर्जन भर चलती है। सारे चचेरे भाई खटाल और मशीन देखते। वह आमदनी का बढ़िया जरिया था। नये-नये मशीन भी आने लग गये थे। बाबा हरिचन के गुज़र जाने के बाद सुभग सपरिवार राजधानी में रह गये। पिता सखीचन यादव हाई स्कूल के हेडमास्टर बन कर रहे। रिटायरमेंट के बाद गाँव ही रह गए। उनकी रुचि राजनीति में नहीं थी। उन्होंने गाँव में ही पुस्तकालय, वाचनालय बना लिया। वहीं कुछ युवाओं को साइन्स पढ़ा देते, अधेड़ बैठकर सतसंग करते। कभी-कभी कबीर वाणी भी गूँजती। सरकारें बदलती रहीं, सुभग यादव की किस्मत वैसी ही चमकदार रही। हरिचन बाबा के सिखाये पर चलते रहे तो कभी पीछे मुड़कर नहीं देखा। बड़े से बड़े पुल का ठेका मिल जाता। इनकी ओर से भी मुँह-माँगी व्यवस्था हो जाती। सरकारें बदलतीं पर व्यवहार नहीं बदलता। दस्तूर वही रहता जो गुलाम भारत में था। सो इन लड़कियों के खाने-पीने का प्रबंध होता रहता। नीतू, रानी, गुलाब नामधारी ये लड़कियाँ जीवित हैं यह अन्दर पता भी नहीं चलता। छोटे-छोटे चिथड़े मात्र कोई एक अंग ढँक सकता। एक दिन किसी ने कहा—"थोड़ा बड़ा कपड़ा दे दो।"

कर्मचारी औरत ने डपटकर कहा—"क्यों? भागने का इरादा है क्या? शरम है सो बाहर नंगी तो जा नहीं सकती।" राक्षसी हँसी हँसती रही थी। यह लगता ही नहीं कि वह भी औरत है। एक दिन रानी ने बिसूरती गुलाब से कहा कि वह ख़ुद नंगी रह लेगी, दो टुकड़े लेकर गुलाब भाग जाये। बाहर जाकर कोई उपाय करे, पढ़ी-लिखी हैं पर बड़ी अधेड़ औरतों ने मना किया। बाहर अगर मनुष्य हों तो जाओ वरना सब तरफ़ हिंसक जानवर हैं। वे दीवार से सिर पटकती विवश थीं। नीतू बनी जगतारिणी सोचती कि क्या कभी सुभग उसके बारे में नहीं सोचता होगा? वह ज़रूर छुड़ा लिया गया होगा। वह इसे ढूँढ़ता नहीं होगा? उसकी मुलायम छुअन इसके कोमल तन-मन को स्मृति में ही सहला जाती। माता-पिता कभी इसे याद नहीं करते होंगे? कितने निर्मम

हैं। अपनी संतान का जीते जी श्राद्ध कर दिया। अच्छा तो है, श्राद्ध तो हुआ वरना पिछले साल मरी फूलकुमारी चाची की तरह घसीट कर कुत्ते की लाश की तरह गंगा किनारे फेंक दी जाती। न अग्नि संस्कार, न कब्र नसीब, कौन करता? श्राद्ध के बाद यह नरक भोग रही है। किया पाप का फल है, प्रेम करने के पाप का, नहीं, औरत होने के पाप का। यह समझ गई है नीतू। बाद में आने वाली लड़कियों को देखती तब इसको रूलाई फूट जाती।

एक दिन तीन युवतियों के साथ जिस गाड़ी में जा रही थी, उसके आगे वाली गाड़ी में जो बैठा था वह सुभग यादव से कितना मिलता था, क्या वही है? जब एक विशाल परिसर में उतरी और एक हॉल में पहुँची तब भी उसे कुछ कहते सुन रही थी। सभी इन्द्रियाँ कान में इकट्ठी हो गई थीं। यह तो सुभग की आवाज़ है। चलकर सुभग की ओर आई। उसने उसे देखा तो देखता रह गया; तभी एक स्त्री आकर इन्हें पकड़कर ले गयी। तीनों को तीन सजे-धजे कमरों में पहुँचाया। नीतू ने सुभग की आँखों में पहचान की एक कौंध तो देखी जो पलभर में बिला गई। उन सूखी पथरीली आँखों में पानी नहीं था। नीतू के मन में जो एक झूठी ही सही छवि थी, वह खंड-खंड हो गई। अब वह धिक निर्लिप्त भाव से अपना देह दान करती। वह मनुष्य नहीं है, प्रेत है। ये सारे कामुक लोग प्रेतसमागम करते हैं। यह सोचकर संतोष कर लेती। जाने क्या हुआ एक दिन सभी स्त्रियों को तेल साबुन और कपड़े दिये गये। नहा-धोकर पहनने का हुक्म हुआ। फिर संचालिका ने बुलाकर एक-एक को समझाया कि आने वाली अधिकारियों के बीच मुँह न खोलना, कहना सब ठीक है वरना वह गई और तुम सबकी शामत आई। तेजाब से नहला दूँगी।' वही हुआ किसी ने कुछ न कहा। अधिकारी ने पूछा—"तुम लोगों में से कोई पढ़ी लिखी है? और कुछ हुनर जानती है?"

"मैं ग्यारहवीं पास हूँ।"—नीतू ने कहा।

"गुड, बेटी गुड"—बाक़ी सब भी कुछ न कुछ पढ़ लिखी थीं और अन्य काम जानती थीं। कुछ दिन वहाँ कोई वर्कशॉप चला फिर बंद हो गया। उस महिला अधिकारी का तबादला कर दिया गया।

सुभग ने नीतू को पहचान लिया था, मन के अंदर कुछ खलबली हुई। फिर सधे हुए खिलाड़ी ने सब पर राख डाल दी। वह एक सम्मानित व्यक्ति है और जगतारिणी बेभाव ही बिक जाने वाली नगण्य जीव। कभी खिले थे

प्यार के पुष्प जिसकी पंखुड़ियाँ झड़ गईं, अब उसमें कीड़े कुलबुला रहे हैं। झटक कर फेंक देना ही श्रेयष्कर है। सीढ़ियाँ ऐसे ही चढ़ी जाती हैं। वह राजभवन तक जाता है, गाँव में दुर्गामंदिर के उद्घाटन के अवसर पर राज्यपाल को ले गया था। इलाके में देवी भक्त होने का श्रेय इसे ही मिला है। अपनी वक्तृता से सबों को मंत्रमुग्ध किये देता है—

"यत्र नार्यस्तु / रमन्ते तत्र देवता!"

"मैं इसी पर विश्वास करता हूँ। आप भी करें।" लाल सिंदूर का बड़ा-सा टीका लगाये लाल वस्त्र धारण किये दुर्गा माँ की प्रतिमा के आगे बैठा कितना पवित्र लगता सुभग यादव। अहा, एकदम अपने बाबा हरिचन बाबू पर गया है। समाज को मंदिर बनाकर समर्पित किया। पिता जी सखीचन तो अपने मिजाज के अपने मालिक हैं। शरीर अशक्त हो गया था नीतू का। रंग झँवर हो गया, आँखें कोटर में धँस गई थीं। कई दिनों में माँड़ पर थी, अंतड़ी ऐंठ रही थी। मैली-कुचैली पटी साड़ी में वह झाड़ू लगा रही थी कि तीन किशोरियाँ सजकर बाहर निकलीं, वे गाड़ी में बैठ गईं। नीतू तेजी से निकली और आगे सीट पर बैठे अधेड़ आदमी का कुर्त्ता पकड़ लिया—"सुभग बाबू, मुझे भी ले चलो न, मैं कई दिनों की भूखी हूँ।" साथ में बैठा स्टाफ लपक कर आया छुड़ाने, रिमांड होम की दीदी दौड़ी आईं। गाड़ी निकल गई। अंदर आकर उस पर लात-घूँसों की बरसात होने लगी। वह अचेत होने तक चीखती रही—"सुभग बाबू, मुझे ले चलेगा, मुझे खाना मिलेगा। लाओ, नये कपड़े मुझे दो।"

"दिमाग चल गया है बुढ़िया का, अब पागलखाना भेजना होगा।" नीतू उर्फ जगतारिणी निश्चेष्ट थी। काँस के फूल की कोमल छुअन बिला गई थी, अब उसकी पत्तियों की धार से छलनी यह नीतू थी।

✤ ✤ ✤

राधा नागरि

मैं आज आपको जीवन की सच्ची कथा सुनाने जा रही हूँ। सुनेंगे?

रेवती रमण, जवाहर और रामचरण की तिकड़ी गंगा किनारे वाले लॉ कॉलेज में विख्यात थी। तीनों तीन तरह के पर सदा साथ चिपके रहते। रेवती रमण न सिर्फ़ हँसोड़ थे बल्कि किसी रोते हुए को भी अपनी चुटीली वाणी से हँसाकर लोटपोट कर देते थे। वे उत्तर के बड़े किसान किन्तु जिला कोर्ट के वकील सफल संपन्न पिता के पुत्र थे। उनका मन कक्षा में कभी नहीं लगता। उनका मानना था कि क़ानून की पेचीदगियाँ क्लास रूम में पढ़ाके समझाई नहीं जा सकतीं, इसलिए वे क्लास रूम में बैठे-बैठे काग़ज़ फाड़-फाड़ के कनकौए बना के प्रोफ़ेसर की ओर जैसे ही वे मुड़ते फेंकते रहते जो कभी उनकी शर्ट में तो कभी कान पर टकरा कर नीचे गिरता। कभी-कभी किसी प्रोफ़ेसर की नज़र जाती वरना साइड वार भाग इसकी सफलता का भागी होता कि छात्रों को मुँह दबाकर हँसा पातें, विषय विमुख कर पाते। कभी-कभी कम से कम ग्रेजुएट तो हैं। कल को कोर्ट में गाउन पहनकर जज के सामने तक़रीरें पेश करेंगा, तब यही हरकत करेंगे? जज की कनकौए उछालेंगा? हद है— पूरी कक्षा दबी-दबी हँसी से दोलायमान हो जाती और प्रोफ़ेसर झेंप जाते। रेवती रमण मुँह में पान दबाये गम्भीर मुद्रा में बैठने की असफल चेष्टा करते।

जवाहर और रामचरण अगली बेंच पर गुमसुम बैठे होते। जवाहर बेहद संजीदा इन्सान था, जो कि वह मानता था कि लॉ कॉलेज में पढ़ाने वाले प्रोफ़ेसर सही ज्ञान रखते हैं। उसका लेक्चर सुनकर कोई लाभ नहीं तथापि अनुशासन का पालन करते हुए चुपचाप बैठा रहता। कनकौए उड़ाने से इसको कोई फर्क नहीं पड़ता, यह रेवतीरमण का विरोध भी नहीं करता। रामचरण जवाहर के बगल की सीट पर बैठा-बैठा मन ही मन भय खाता कि प्रोफ़ेसर साहब कहीं रेवतीरमण को लोकेट न कर लें और उसे डाँट न पड़ जाय। पर ऐसा कभी हुआ नहीं। कक्षा के बाद जवाहर और रामचरण एम.ए. की कक्षा करने चले

जाते और रेवतीरमण एक उभरते हुए वकील के साथ उनके चैम्बर में काम करते। वकील साहब उनके शहर के थे सो वे इनके अभिभावक भी थे, पिताजी के आदेश का पालन करते कक्ष में शरारत करते रेवतीरमण वकालत का गुर सीख रहे थे जबकि उनके दोनों मित्र एम.ए., पी.एच.डी. करने का मन बनाये हुए थे। तीनों एक साथ एक फ्लैट लेकर रहते थे। रामचरण का घर नजदीक था सो उनके घर से अक्सर भोजन सामग्री आती। उन दोनों के घर से भी आता रहता। एक वर्ष की परीक्षा हो चुकी थी, उन दोनों ने एम.ए. भी कर लिया था। जवाहर दूसरी बार एम.ए. करने अपने इच्छित विषय को लेकर कलकत्ता चला गया। रामचरण और रेवतीरमण बी.एल. पार्ट-2 में पढ़ने लगे और वकील बनकर निकले। जवाहर पहले से शादीशुदा था। रामचरण और रेवती की शादी बी.एल. की पढ़ाई करते हुई थी। उन दिनों शादी तो हो जाती पर गौना बाद में होता। गंगा के दक्षिणी भाग में गौने तक पति-पत्नी का रिश्ता अनजान होता। पर ये शहराती युवक इस जुगत में होते कि कैसे घुसकर अपनी ब्याहता से मिल लिया जाय। रेवती रमण की शादी के छः माह बाद ही गौना हो गया। उनकी पत्नी रानी पन्द्रह-सोलह साल की गदबेर बदन वाली स्त्री थी। उन दिनों के लिहाज से पढ़ी गुनी यानी मैट्रिक पास थी। बेहद ख़ुशदिल और सुगृहिणी। भोली और चंचल। रेवती रमण अपने घर में अकेले पुत्र थे। कुछ दिनों तक अपने शहर में पिता के साथ वकालत कर शहर छोड़ राजधानी आ गये। वहाँ हाईकोर्ट ज्वायन कर लिया। कायदे से उन्होंने पहले ज़मीन ख़रीद कर घर बनाया, तब हाईकोर्ट आये। रामचरण हाईकोर्ट में जम चुके थे। जवाहर किसी बड़ी सरकारी नौकरी में चले गये थे। तीनों जब भी मिलते हँसी का फव्वारा फूटता रहता। रेवती रमण के प्रभाव में गम्भीर जवाहर भी बढ़-चढ़कर मजाक करने लगते। जब पूरा परिवार इकट्ठा होता तो पत्नियाँ और बच्चे यह देख बेहद चकित होते कि ये तीनों साथ मिलकर बच्चे जैसे बन जाते हैं। रानी अक्सर रेवती रमण की सीमा से बाहर जाती मजाकिया बातों से एतराज जताती। जवाहर की पत्नी सीमा साथ मिलकर हँसती और क्या करती।

रानी भी उत्सव में तल्लीन होकर भाग लेती। ढोलक बजाकर गाना, झूमर नाचना, साथी स्त्रियों को नचवाना उसका भी शगल था। रेवती की सहमति सब में रहती। वह जवाहर और सीमा से कहता कि देखो मैंने इसे भी अपना सा बना लिया है। धीरे-धीरे रेवती और रामचरण बड़े वकील बन गये। उनके

पास पैसों के ढेर लग गये पर मसरूफियत बढ़ गई। बीबी बच्चों को समय न दे पाते। घर में उदासी का माहौल हो गया था। मात्र छुट्टियों या उत्सवों पर तीनों मित्र और उनका परिवार बैठता तो हँसी मज़ाक का वातावरण आता। माहौल को ख़ुशनुमा बनाने का दारोमदार रेवती रमण पर ही था और रेवती की धरा का उत्स थी रानी। धीरे-धीरे समय अपनी लय में आगे बढ़ता गया। रेवती रमण की बड़ी बेटी की शादी ख़ूब धूमधाम से हुई। रानी गृहिणी होते हुए भी नाचगाने के धमाल में जुड़ी होतीं। सीमा उन्हें देखकर चकित रहतीं। उनका अजस्त्र आनन्द का व्यवहार वातावरण की सृष्टि कर देता। इन तीनों की इस ख़ुशनुमा ज़िन्दगी में व्यतिरेक तब आया जब इनकी बड़ी बेटी रम्भा बीमार पड़ गई। लाख ख़र्चे के बावजूद भी वह किडनी फेल हो जाने से मात्र चौबीस वष की आयु में गुज़र गई। तीनों घरों में सनाका खिंच गया। रम्भा के एक पुत्र था जिसे रानी पालने लगीं। अपने आँसू पी लिये। फिर ढोलक फिर गान फिर थिरकते पैर। इनकी महफिलें कम तो हुईं परंतु वीरान न हुईं। रम्भा के पति की दूसरी शादी में बढ़-चढ़कर भाग लिया। ख़ूब ढोलक बजाया, थिरक कर नाचीं और वहाँ से घर आकर सीमा के कंधों पर सर रखकर फूट-फूटकर रोईं। "ऐ दीदी, आपके पास रो लेती हूँ। आप तो मेरा दुःख समझ रही हैं न, वकील साहब और बच्चे मेरा आँसू कभी न देख पायेंगे।" यह एक साधारण शिक्षिता स्त्री के भाव थे।

धीरे-धीरे काल अपनी गति से बढ़ रहा था। सारे बच्चे बड़े हो गये, सबकी शादियाँ हो गईं। जवाहर के बेटे की शादी में रम्भा का बेटा भी रानी के ढोलक की थाप पर थिरक रहा था औ वह झूमकर गा रही थी।

"बेटा बेटा मत कर सासू अब तो बेटा मेरा है..."

सिर्फ़ सीमा उसके अन्दर के दर्द को समझ रही थी। रानी के घर बहुएँ आईं, नातिन और पोतियाँ हुईं। पोते हुए। एक ढर्रे की ज़िन्दगी थी। अब रेवती रमण किस जज या जूनियर के साथ कनकौए उड़ा रहे हैं, उसकी फिक्र इसे कहाँ थी। परन्तु रेवती बेहद मसरूफियत में भी रानी के पास आकर उनके मायके पर तंज कस हँसी मज़ाक कर अपना तनाव दूर कर लेते। वकालत के साथ राजनीति यानी बार कौंसिल की राजनीति में रमे हुए थे। रानी कई बार समझाती—"अपनी उम्र देखिये इस सबसे अलग हटिये।"—लेकिन उनकी कभी नहीं सुनते। बेटे दामाद सभी वकील थे सो किसी प्रकार का कोई

संकट समझ में नहीं आता था। बेटा भी बार कौंसिल की राजनीति का सक्रिय सदस्य था। सबकुछ अपनी राह पर चल रहा था परन्तु काल की गति को कौन जान सकता है?

बेटा अपने पीछे भरा-पूरा परिवार छोड़ दुर्घटना में मारा गया। यह पूरे शहर को स्तब्ध करने वाला दुःसंवाद था। रानी ने अपनी पुत्रवधू की कमर में चाबियों का गुच्छा सौंपकर बिस्तर पकड़ लिया। आँखों के आँसू ताप से सूख गये। रेवती रमण अपना दुःख भूल रानी की परिचर्या में लगे थे। तीनों मित्र अब भी मिलते। थोड़ी हँसी दबी-दबी होती पर ठहाके थम गये थे। रानी अकेले में सीमा से कहतीं— "क्यों हमारी ख़ुशी ईश्वर को मंजूर नहीं थी दीदी।"

"तुम अब भी ईश्वर का नाम लेती हो रानी, वह है, मुझे नहीं लगता।" —सीमा खासी चिढ़ी होती।

"नहीं दीदी, मेरा विश्वास है।"

—अपने विश्वास को साथ लेकर चली गई। चुपचाप चली गई दुःखों के पार। हम पहुँचे रेवती रमण के पास। वे मुस्कुराते हुए मिले। घर की भावी योजनाओं पर बोले, बच्चों के कैरियर की प्लानिंग पर बोले, जिजीविषा से भरे हुए पचहत्तर वर्षीय रेवती रमण ऊर्जस्व लग रहे थे। ऐसे कि हमने इधर पन्द्रह साल में नहीं देखा था। पिछले साल शादी की पचासवीं वर्षगाँठ पर तो बिल्कुल नहीं। बीमार रानी और थके से रेवती रमण, भारी दक्षिणी माला ज्यों अतिरिक्त बोझ। आज अकेले होकर आभा कैसे बिखेर रहे हैं।

"भाभी, आपने रानी को कृष्ण और मुझे राधा बनाकर फ़ोटो खींचा था याद है?"—मुझे याद आया, उनके विवाह गौने के बाद यह कौतुक हमने किया था। उन्होंने वह पुराना उखड़ा चित्र मुझे दिखाया, साथ ही कई पुराने भूले-बिसरे चित्र दिखाये। मैं उनके चेहरे का भाव पढ़ने लगी।

"क्या देखती हैं? क्या मैं रानी की तरह दिखता हूँ?" मैं हैरत में थी कि क्या यह मन पढ़ लेते हैं?

"मेरी राधा नागरि मेरे अन्दर है, यही मेरी ऊर्जा है। मैं उसका काम पूरा किये बिना अपने को बीमार पड़ने भी नहीं दे सकता।"

एक कहकहे से उनका चैम्बर खिल उठा। ऊपर गरुड़पुराण हो रहा था कृष्ण के साथ राधा बने रेवती रमण कृतकाम और हम विमुग्ध!

पोर्ट्रेट

नरेश ने बी.ए. पास कर लिया था। इतिहास ऑनर्स था। उसका रिजल्ट संतोषजनक रहा। उच्च अंक से उसने ऑनर्स पास किया। छोटा-बड़ा प्रतियोगिता परीक्षा की ओर वह मुखातिब था।

चुनमुन बाबू का बेटा प्रशान्त साथ ही बी.ए. कर परीक्षाओं में बैठ रहा था। नरेश प्रशान्त की मोटर-साइकिल पर बैठकर ही परीक्षा देने जाता था। नरेश बदले में उनके घर का काम कर दिया करता था। चुनमुन बाबू अपने पुत्र प्रशान्त को व्यंग्य से कहा करते—"ख़ूब नरेश दास को संगी बनाओ, वह पास हो जाएगा। तुम फेल के फेल रहोगे। वह दलित है रिजर्वेशन है न! तब तुम उसकी गाड़ी के पीछे-पीछे भागना। वह फर्राटा भर चल देगा।"—प्रशान्त पर इसका कोई असर नहीं पड़ता। प्रशान्त शुरुआती दौर में नरेश को पढ़ाता था अब भी संग साथ नहीं छोड़ता। कई रिजल्ट आये; किसी में न नरेश दास ने पास किया न ही प्रशान्त ने। परन्तु परीक्षायें देते रहे। टेक न छोड़ा। नरेश की माँ मजदूरिन थीं। एक बहन थी जिसका विवाह हो चुका था। जिन दिनों दरभंगा के कॉलेज में पढ़ रहा था, उन्हीं दिनों नरेश दास ने पेंटिंग सीख लिया था। नरेश दास पोर्ट्रेट बहुत अच्छा बनाता था परंतु छिटफुट बिक्री मात्र मिथिला पेंटिंग की होती वह भी पारंपरिक कला की। नरेश की कमाई का जरिया मूलतः यही था। एक दिन नरेश का बहनोई उसके घर आया था। वह प्राथमिक विद्यालय का शिक्षक था। उसने सलाह दी—

"नरेश बाबू, आपने ऑनर्स अच्छे अंकों से पास कर लिया है तब क्यों न एम.ए. कर लें। स्कॉलरशिप मिलेगा ही। फिर बी.एड्, एम.एड् कर लेंगे आप, स्कूलों का बड़ा रास्ता खुल जायेगा। प्रतियोगी परीक्षाओं का क्या भरोसा?"

"आपने सच कहा"—नरेश ने धीमे से कहा। माँ सुन रही थी, उसने भी ज़ोर दिया। कहा—"मुझमें अभी दम खम बाक़ी है बच्चे, जितना पढ़ना

है पढ़ ले।''—नरेश ने एम.ए. में नामांकन करवा लिया। माँ ने एक सेकेंड हैण्ड साइकिल भी ख़रीद दिया। नरेश साईकिल से कॉलेज जाता। पेंटिंग का गट्ठर भी लाद कर ग्राहक को दिखाता और बेचता। बचे हुए को केन्द्र की दूकान पर दे आता। अब इससे दिन अच्छे ही बीतते।

गाँव में हों कि शहर में राजनीति से कोई अछूता नहीं रहता। वह भी चुनावी राजनीति से। नरेश के सर भी यह आ ही गया। पेंटिंग का भुगतान लेने एक दिन नरेश सेंटर पर गया था, वहाँ एक परिचित मिले जिन्होंने पूछा कि यह किस गाँव का रहने वाला है। बताने पर कहा—

''ऐ नरेश, अपने स्वजातीय नेता जो सबसे बड़े माने जाते हैं वे आपके गाँव के आसपास चुनावी भाषण देने पहुँच रहे हैं। आप ग्रेजुएट हैं, इतने बड़े कलाकार हैं, क्यों नहीं एक बड़ा सा पोर्ट्रेट बनाकर उनसे मिलते हैं।''

''मैं नेता बनना तो चाहता नहीं कि वो मदद करेंगे।''

''ऐ भाई नेता बनने की बात नहीं कह रहे हैं, कहीं, अच्छी नौकरी दिलवा दें यह आशय है मेरा। केन्द्र में बड़े नेता हैं, सजातीय हैं।''—कहा उन्होंने।

''भैया बिल्कुल ठीक कह रहे हैं नरेश जी।''—केन्द्र वाले ने कहा।

''बड़े नेता से मिलने कौन देगा?''—नरेश ने शंका की।

''मैं पता करता हूँ कि आयोजक कौन है, वही मुलाक़ात करवा देंगे।''

''आप नेताजी का एक बड़ा सा पोर्ट्रेट बना लें। उपहार पा वे ख़ुश हो जायेंगे। कहीं अच्छी जगह सेटिंग हो जायेगी।''

''आप सब कहते हैं तो मैं लग जाता हूँ।''—नरेश उनकी बात मानकर पोर्ट्रेट बनाने में जुट गया। एक दिन स्वयं आयोजक आये और मुलाक़ात करवाने का आश्वासन दे गये।

जिस दिन नेताजी का भाषण था उस दिन प्रचंड गर्मी थी। हज़ारों की भीड़ बड़े फुटबॉल मैदान में जुटी थी। सब बेचैन थे। नरेश ने पोर्ट्रेट को अख़बार से लपेटकर साइकिल में अच्छी तरह बाँध लिया था। अख़बार की तहें मोटी थीं। चुनमुन बाबू ने देखा तो व्यंग्य भी किया—

''जाओ जाओ जात फरिया लो, यह जान लो सिर्फ़ वोट लेने के समय जाति याद करता है, बाक़ी समय रुपया-पैसा और कुछ नहीं।''—नरेश चुप था, प्रशान्त संभ्रम में था। नरेश पूर्ण आश्वस्त भाव से मैदान पहुँचा। आयोजक से मुलाक़ात हुई। उसने कहा—''उस कोने पर साइकिल स्टैण्ड है वहाँ ताला

लगाकर खड़ी कर पर्ची ले लीजिए नरेश बाबू और यहाँ मंच के पास पोर्ट्रेट लेकर खड़े हो जाइये।''—नरेश ने वैसा ही किया। गर्मी और प्यास से व्याकुल हो गया था। नेताजी निर्धारित समय से दो घंटे देरी से पहुँचे। नरेश पोर्ट्रेट थामे आगे बढ़ा कि एक बड़ी भीड़ ने धकिया कर इसे दूर फेंक दिया। पोर्ट्रेट बचा रहे सो चोटिल भी हो गया नरेश। आयोजक मंच पर था। नरेश उचक-उचक कर उनका ध्यान आकृष्ट करना चाह रहा था पर उन्होंने देखा ही नहीं। निकट खड़े एक गार्ड से नरेश ने कहा—मैंने नेता जी का पोर्ट्रेट बनाया है। कलाकार हूँ उन्हें देना चाहता हूँ सो कृपया जाने दें।''

''नेता जी जेड प्लस सुरक्षा के घेरे में हैं। कोने पर सारे उपहार जमा हो रहे हैं आप भी रख दीजिये।''

''हम ख़ुद अपने हाथ से देना चाहते हैं।''

''तब उतरकर जाने लगें तभी देना ठीक रहेगा। आप मेरे पास खड़े रहिये।''

''ठीक है।''—नरेश गार्ड की बाजू में खड़ा भाषण सुनने लगा। अचानक काली घटा ने घेर लिया। जबतक लोग सँभले ज़ोरदार बारिश होने लगी। चार बजे दिन अँधियारी रात में तब्दील हो गया। श्रोताओं में भगदड़ मच गई। नरेश धक्का-मुक्की से फर्लांग भर दूर जा गिरे। होश आने पर पूरा मैदान ख़ाली था। चित्र पर से अख़बार नुच गया था, नरेश ने चित्र उलटकर रखा। नेता जी का दल चला गया था। लोग बाग चले गये थे। नरेश निराश हो साइकिल स्टैंड की ओर गया। वहाँ भी कोई नहीं था न साइकिल थी। थोड़ी देर भटक-भटककर थक गया नरेश फिर अपनी पेंटिंग सर पर ओढ लिया, तीन कोस चलकर पैदल ही अपने घर लौटा। राह देखती माँ दौड़ी। हाथ से चित्र लेकर दीवार से सटा कर रखा और आँचल से पुत्र का मुँह माथा पोछने लगी। सूखे वस्त्र दिये बदल लेने को। चौकी पर बैठ नरेश फूट-फूटकर रोने लगा। माँ ने कलेजे से सटा लिया।

''माँ साइकिल चोरी हो गई, चित्र धुल गया, नेता जी से मुलाक़ात नहीं हुई।''

''जाने दो बेटा, जो हुआ सो हुआ। ख़ुद पढ़कर न तुम एम.ए. क्लास पास कर गये। चुनचुन मालिक के बेटे की तरह मोटी-मोटी किताब पढ़ते हो।''

''हाँ माँ।''—माँ से अधिक चिपक गया नरेश।

''मेरे बच्चे, तुम्हारे हाथों में हुनर रहेगा तो सब होगा।''

—नरेश देह तानकर खड़ा हो गया। चित्र के धुले कैनवास को छप्पर पर रख दिया। ठीक से धुल जाय यह चित्र। तब माँ का चित्र बनाऊँगा। टखने से ऊपर साड़ी पहने कमर में हँसुआ खोंसे, आश्वस्त माँ, बेटा के वृद्धि की कामना करती माँ। माँ हैं तो जहान है। बना लेगा नरेश माँ का एक बड़ा सा संपूर्ण पोर्ट्रेट।

❖ ❖ ❖

नींबू का स्वाद

बिना कोई रचना किये इस धरती से विदा होने वाली स्त्री भी तो होती है। समझदार और मनस्वी लोगों का कहना है कि विधाता पृथ्वी पर प्रत्येक मनुष्य को कुछ न कुछ करने के लिए ही भेजते हैं। लेकिन खुजली वाली दादी को इस धरती पर कौन सा काम सम्पन्न करने भेजा, पता नहीं। मेरी समझ से कोई तो नहीं। खुजली वाली दादी ने किसी प्रकार का सृजन न तो किया न वो उसकी माध्यम बनी।

उनका नाम क्या था हमें पता नहीं। होगा जगतारिणी या मन्दाकिनी। चिन्ता या मनतोरी भी हो सकता है। पर हम बच्चे उन्हें खुजली दादी कहा करते। कारण कि वे सदा अपने हाथ पैर देह खुजलाती रहतीं। वो एक बड़े आँगन की सबसे बड़ी बहू थीं। उनके विशाल आँगन के तीन बड़े-बड़े भाग थे। बीच वाले आँगन में चौका चूल्हा था, चौका की खिड़की मेरे आँगन में खुलती थी। उसी खिड़की से हम उन्हें देखते। दादी सुबह-सुबह सूप डगरा में चावल लेकर चुनतीं फटकतीं। आँगन में सुबह से ही हलचल शुरू हो जाती। स्कूल से लेकर कॉलेज तक पढ़ने जाने वाले लड़के थे उस घर में। बहुत से लोगों का परिवार था उनका। खेत-खलिहान से लेकर कोर्ट कचहरी जाने वाला प्राणी भी था घर में। गाँव के नामी गिरामी परिवार की सबसे बड़ी बहू थीं खुजली दादी।

उस नामी गिरामी परिवार की—जो अमीर भी था और अति व्यस्त भी। उसकी फालतू वस्तु थीं दादी। दादी विधवा थीं, दादी निपुत्तर थीं। उनकी कोई सन्तान नहीं थी। देखने में काली और कुरूप कही जाने योग्य थीं। कौआलोल जैसी नाक और पौआ भर ओठ। नेवले की आँख और दिया जैसा कपाल, यही था जिसे कह कर दादी की सास उन्हें चिढ़ाती रहतीं। पर मजाल था कि कभी दादी ने अपनी सास को कोई जबाव दिया हो, नः; कभी नहीं।

गाँव में अनेकानेक वृद्धाओं से लेकर युवती विधवायें थीं। उन्हें कोई

दुख है यह हमें कहाँ मालूम था ? खुजली दादी को अक्सर देखती कि गरम-गरम भात, झोलवाली सब्जी और तेल भीजे आम के अँचार सबसे पहले लेकर खाने बैठ जातीं। एक मुट्ठी भात बचा रहता तभी मँझली देवरानी कहती—"ज़रा रुकिये बहिनदाई, थोड़ा दही का पानी दूँ।" इधर-उधर देखकर चुपके से मोटी मलाई वाली दही परोस देतीं पानी के नाम पर। खुजली दादी तृप्त होकर खातीं। जिस दिन छोटी देवरानी की पारी होती उस दिन ऐसा नहीं होता। दादी स्नान कर तुलसी चौरा के पास आकर पैर के नीचे खढ़ दबा, दोनों हाथ सूर्य की ओर उठा ओठ पटपटा कुछ बुदबुदातीं और अपने गोल फूल के चमकते पानी भरे लोटे के साथ आकर बरामदे पर बैठ जातीं। छोटी देवरानी थाली परोसती बुदबुदाती—"बहे बैल और हकमे कुकुर, जैसे सबसे बड़ी कमउआ ये ही हैं, इन्हें ही पहला ग्रास मिलना चाहिए; हुंह।"—बोलती ज़रूर पर थाली में सबकुछ परोसकर देती। भोजनान्त में दही ज़रूर देती। सो, किसी प्रकार का दुःख कहाँ दीखता। गाँव में बोली-ठोली चलता रहता पर जब तक रगड़ा-झगड़ा न हो किसी के विषय में अधिक नहीं जान पाते हम बच्चे।

खुजली दादी बच्चों की बेहद प्रिय थीं। क्योंकि उनके पास कथा का सागर था। शाम होते ही दादी को घेर कर बच्चे बैठने लगते। दादी के पास कथारस होता, नायाब प्रस्तुतिकरण से हम मुग्ध रहते। जैसे बरहकेसी रानी की कहानी कहने लगतीं तो कहतीं—"बरहकेसी रानी गोरी चिट्टी थीं बिल्कुल गंगा की माँ सी, उसके केश बेहद लंबे थे, नवादा वाली जैसे।"—बच्चों को उनका तरीका पसन्द था। वयस्क होने तक मैं भी उनकी चौपाल में बैठती।

धीरे-धीरे मैं उनकी पीड़ा समझने लगी। उन्हीं की नहीं सारे गाँव की स्त्रियों की पीड़ा समझने लगी। वयस्क होने पर ही पता चला सवर्ण बड़े घरों की स्त्रियाँ कूटना-पीसना और खाना बनाना मात्र करतीं जब तक पुरुष खेत जाते, कोर्ट कचहरी करते। पति समागम की शारीरिक और आर्थिक विवशता, सन्तानोत्पत्ति की विवशता समझने लगी थी फिर भी खुजली दादी की विवशता का भान नहीं हुआ था।

लोगों से सुना था कि खुजली दादी हरमुराही हैं अर्थात् वंचिता, माता-पिता नहीं थे, भाई-बहन नहीं थे। विवाहोपरान्त जल्दी ही विधवा भी हो गईं। विधाता के इस विधान में निश्चित रूप से इनका कोई हाथ नहीं था। किसी कारण से खुजली की बीमारी हुई होगी सो ठीक नहीं हुई। कब से यह बीमारी

है यह मुझे ज़रूर याद है। दादी को खाँसी हो गई थी। कहानी नहीं सुना पाती थीं। उनकी कहानी सिर्फ़ बच्चे ही नहीं सुनते, मकई की डंठल की आग में कटहल के बीज की सब्जी पकाती मँझली काकी और फुल्के उतारती छोटकी काकी भी सुनतीं। खाँसती बेहाल होती दादी को देखकर मँझली ने कहा था—

"बहिनदाई, ये क्या, काढ़ा आज ही औंटती हूँ, देखिये तो क्या हालत बना रखी हैं आपने अपनी?"

"एक मुट्ठी धान लेकर परमेसर की दूकान से लौंग ख़रीद लाइये, भुना और कच्चा लौंग साथ दाँत बीच दबाकर रखने से आराम होगा।"—छोटी काकी ने अपना ज्ञान दिया।

पिछले बड़े आँगन में पचास-साठ मन धान का ढेर लगा था। खुजली वाली दादी ने लगभग आधा सेर उसमें से उठा लिया था। उसी वक़्त छोटे देवर पहुँच गये थे। देवर ने उन्हें लात से मार-मार कर लगभग बेहोश कर दिया, भाँति-भाँति की गालियों से अलग छलनी कर दिया। धान के ढेर के निकट मृतप्राय पड़ी रहीं देर तक। उनके आँगन की किसी स्त्री की औकात नहीं थी कि सामने से जाकर उन्हें होश में ला कर उठा लाये। कोई स्त्री किसी मामले में टिप्पणी दे यह भी संभव नहीं था। शाम ढले जब बच्चे कहानी सुनने आने लगे तब मँझली काकी ने कहा—"आज दादी की तबियत अधिक ख़राब है, कहानी नहीं सुना सकेंगी। जाओ तुमलोग, ठीक होंगी तब आना।"

चुपचाप दोनों देवरानी उनके पैरों में गरम तेल की मालिश कर देंती। पर उस दिन स्वयं होश आने पर घिसटकर अपने बिस्तरे तक आना पड़ा था। याद है मुझे, हफ्ते भर कथा-कहानी बंद रहा, फिर वैसे ही शुरू हो गया। दादी की गोष्ठी के पात्र बदलते रहते। बच्चे थोड़े बड़े होते तो आवासीय विद्यालय में पढ़ने चले जाते। नये बच्चों की जमात जुटती रहती। यह एक कारण था कि लड़कों से अधिक—लड़कियों की संख्या उनकी श्रोताओं में थीं। मैं भी अपनी बड़ी बहन के पास शहर पढ़ने चली गई थी। मेरे बहनोई शहर में नौकरी से लग गये थे, बहन समझदार थीं। उनके मन में स्वयं न पढ़ पाने की कसक थी, तो मुझे ले गईं।

दादी इन दिनों बहुत कमज़ोर हो गई थीं। दादी अब पहले जैसी मानिनी नहीं रहीं। लौंग इलायची मिश्री ख़रीदने के लिए धान नहीं चावल ही चढ़ा आतीं दूकान पर। देह में लगाने के लिए नारियल तेल और कपूर की गिट्टी

ख़रीद लातीं। देवर लोगों की डाँट-फटक और गालियों का तनिक भी बुरा नहीं मानतीं। दूसरे घर के लोग उनकी दुरवस्था पर सहानुभूति दिखाते तो यह कहतीं—

"जाने दो। जिसे जो मिलना है प्राप्त होगा ही, जिसे भुगतना है वह भुगतेगा ही।"

दादी इन दिनों कहानी में ही बहुत बातें कह जातीं सो हम समझ रहे थे अब। हो सकता है पहले भी कहती रही हों। मैं ही नादान थी। इधर देखती कि गुड़फँकनी मौसी और गौरैया की कहानी कहती वे सिर्फ़ दीवार की ओर ताकतीं और आत्मालाप सी करतीं—"गुड़फँकनी मौसी ने मन ही मन विचार किया कि बूढ़ी हुई अब कितने दिन जीयेगी, क्या इस जाड़े की मुलायम धूप में अपनी कथरी ओढ़ झोपड़ी की ओलती में सोने का आनन्द ले सकेगी? तो क्यों न इस नन्हीं गौरैया को इस चांडाल किसान से मुक्त कराने की चेष्टा करूँ? धर्म भी होगा।"—मैं समझने लगी थी कि गुड़फँकनी के माध्यम से दादी अपनी व्यथा कह रही हैं; अपना मनोभाव व्यक्त कर रही हैं। गाँव-घर के लोग स्वयं चाहे जो करें, दूसरे की ग़लतियाँ ख़ूब निकालते हैं। सो वे लोग दादी के देवरों की जमकर शिकायत बतियाते। यह सब उनके परोक्ष में होता। वे लोग तो न सुनते परन्तु हमारे सरीखे बच्चों के मन को क्षुब्ध ज़रूर करता। ओढ़ना-बिछौना नहीं देते, साबुन तेल की उन्हें क्या ज़रूरत है, ऐसा सोचते। देवर लोग उनकी ज़रूरतों के विषय में बिल्कुल नहीं सोचते। यदि वे नहीं सोचते तो न सोचे पर उस विशाल सम्पत्ति के चतुर्थांश की मालकिन को यह हक नहीं था कि वे स्वयं ख़रीदारी कर सकें?—यह मेरा कैशोर्य मन सोचने लगा था। मैं अपनी दादी, काकी और माँ से जब पूछती तो यह कह कर चुप कर देतीं—"तुम्हें क्या पड़ी है यह सब सोचने की; उनकी तक़दीर ही ख़राब है।"—बहुत बाद में मुझे ज्ञान हुआ कि उनका टुअर—बे माँ बाप की होना—उनका विधवा होना और उनका सन्तानहीन होना तक़दीर की ख़राबी ही तो थी। उस गाँव में तथा किसी भी सवर्ण गाँव में विधि की सतायी स्त्रियों के साथ ऐसा ही तो व्यवहार होता। अब मैं कारण समझ सकती हूँ। गाँव की स्त्रियों को उनसे कोई भय नहीं था, पुरुष उनकी ओर देखते ही नहीं थे। देवरानी सब प्रसन्न कि शाम को जब वो लोग लकड़ी के धुएँ में रसोई में व्यस्त रहतीं तब बच्चों को कहानी में दादी उलझाये रहतीं। एक और बात गौरतलब है

कि उस पुरुष प्रधान घर में स्त्रियों का एक अघोषित-सा संगठन था। आपस में खटपट होती पर मामूली। स्त्रियाँ एक दूसरे के लिए एकजुट थीं।

दादी का बागीचा समृद्ध था। केला, पपीता, नींबू और आँवले के पेड़ थे। नींबू ख़ूब फलता। चोरी होने के भय से नींबू काँटों की बाड़ से घिरे थे। भोजन के वक़्त जितने पुरुष थे उतना ही फाँक के हिसाब से तोड़कर रसोई में पहुँचाये जाते। दोनों किनारे वाले तीनों पुरुषों को और बीच वाले भाग लड़कों को दिये जाते। शंखद्राव नींबू की सुगंध स्त्रियों के मुँह में पानी लाने को काफ़ी होती। जमीरी नींबू का चटकार पागल बना देता। स्त्रियाँ नींबू चुराने को फेरा लगाती रहतीं। एक दिन मँझली ने हाथ में कपड़ा लपेटकर काँटों के बीच नींबू तोड़ने का उपक्रम किया ही था कि एक लाठी कहीं से उड़ती हुई आयी और कलाई चोटिल करती गिर गयी। बिना कुछ तोड़े हाथ थामे दूसरे हाथ से गाली देती आँगन लौटीं। उनकी कलाईयों को गरम पानी में सेंकती मालिश करती दादी गाली देतीं—''जवानी नहीं रहेगी सब दिन, कहो तो नींबू इतना अनूप है कि हाथ तोड़ दिया। अब भात का उतना बड़ा हंडा कौन उतारेगा? रहे भूखें।''—आक्रोश में दादी कह रही थीं, एक तरह से मँझली छोटकी को ढाढस दे रही थीं पर वे जानती थीं कि इसी रूप में काम करती रहेंगी ये। छोटकी को आठवाँ महीना लगा था, इनसे रसोई के पाक का काम कभी नहीं होता।

दादी के अनुशासनप्रिय एकबग्गे घर का भी बँटवारा हुआ। परन्तु उससे दादी को कोई नफा-नुकसान नहीं हुआ। पहले की तरह वो शाम ढलते ही बरामदे की बड़ी सी चौकी पर बैठ जातीं और नये बढ़ते बच्चों को कहानी सुनातीं। उसी प्रकार एक माह मझली और एक माह छोटकी के बरामदे पर गोल पेंदी वाला फूल का लोटा लेकर बैठ जातीं और गरम-गरम दाल-भात तरकारी, एक छौ दही खाती। उनके व्यवहार में कोई परिवर्तन परिलक्षित नहीं होता। गाँव में जैसे कोसी कमला बलान की बाढ़ हर साल आने का रूटीन था वैसे ही नयी-नयी खेप, कथा रसिक बालकों के हुजूम का भी सिलसिला था। अभी भी गाँव में कोई स्कूल नहीं दिखता, एक अदृश्य स्कूल ज़रूर था। किन्हीं का दालान स्कूल नाम से अभिहित था और एक सज्जन मास्साब नाम से पुकारे भी जाते थे। बच्चों की शिक्षा की व्यवस्था नहीं थी। इसमें गाँव में पूरा समाजवाद था माने सामाजिक न्याय। ब्राह्मण से लेकर मल्लाह तक, कलवार से लेकर मुसहर तक सभी निरक्षर। जिनके सम्बन्धी गाँव से बाहर

नौकरी पा गये थे वे पढ़ते। जिनके पास मास्टर दालान पर रखकर पढ़ाने की औकात थी वे खानगी-पढ़ाई करते। यह 1990 तक का अपना अनुभव साझा कर रही हूँ। सालों पहले खुजली वाली दादी अपने जीवन का छिहत्तर शरद देख पूस माह में मर गईं। गाँव की स्त्रियों ने सरके आँचल को दाँत ओठ तक खींच दबी जुबान से कहा—"कितनी खोटी तक़दीर थी, मरीं भी तो पूस माह में। सुगति भी नहीं होगी, आत्मा भटकती रहेगी।"

गति यदि सवाई श्राद्ध होने से होता हो, गति यदि साँढ़ दागकर छोड़ने से होता है तो अवश्य हुआ होगा क्योंकि उनका श्राद्ध दोनों देवरों ने अलग-अलग तामझाम के साथ किया। जिन्हें लौंग के नाम पर लात मारा जाता था उनके नाम का भोज खा तृप्त होते ब्राह्मणगण लौंग खोंसा हुआ बंगाली बीड़ा पान गाल के नीचे दबाते प्रस्थान कर रहे थे। सब कुछ बेमिसाल। मैं खुजली दादी की कथा कहने को क्यों व्याकुल थी सो तो भूली जा रही थी। श्राद्ध में महापात्र सपत्नीक घर बनाकर रख गये थे। जाते समय टायर गाड़ी पर सारा असबाब लादा गया था, घर का छप्पर खंभा वहीं किसी को क़ीमत वसूल कर दे गये।

"पंडितगण, आप संतुष्ट होकर जा रहे हैं न?"—छोटे देवर ने हाथ जोड़कर विनम्र भाव से पूछा।—मूड़ डोला।

"पंडिताइन प्रसन्न हैं न?"—पुनः पूछा छोटे देवर ने कहा।

"पंडिताइन को एक वस्तु की लालसा है...।"—महापात्र ने कहा।

"किस वस्तु का? कृपया कहा जाये...।"

"आपके बगान के शंखद्राव नींबू की मैं अक्सर इनके पास प्रशंसा किया करता था। इस समारोह के हलचल में ये चख न सकीं, यही लालसा है, यदि गाछ में हो तो एकाध देते।"

छोटे देवर खुलकर हँसे—पर नींबू तोड़कर उन्हें दिया और पुनः पूछा

"प्रस्थान से पहले कहें, प्रसन्न हुए? हमारी माता समान भौजी की आत्मा संतुष्ट हुई न?"

"अहा हाँ, उसमें क्या कोई सन्देह बाक़ी है? आपने जय-जयकर दिया"—आभार से दुहरा होता महापात्र दाँत निपोर कर बोला। अपना पात्र दुपट्टा सँभालता टैरगाड़ी पर चढ़कर चला गया।

एक दिन की बात मुझे याद है। दोनों भाईयों की जूठी थाली उठाकर

मँझली धोने जा रही थीं कि दादी ने नींबू का छिलका उठा लिया। अपने फूलवाले गोलपेंदे के लोटे से पानी लेकर छिलकों को धोकर हाथ में दबाया। छोटकी ने भात परोसकर थाली सामने रखी—दादी ने नींबू छिलके का एक टुकड़ा गरम भात में दबा दिया और दूसरा गरम दाल में हेला दिया। थोड़ी देर बैठी रहीं; मैं अचम्भित हो खिड़की से सबकुछ देखती रही। छोटकी पंखा लेकर पास बैठीं। उन्हें और स्वयं को झलने लगीं।

"सीताराम सीताराम बहिनदाई, यह आपने अच्छा नहीं किया। कहाँ से नींबू तोड़ लाई ? हाथी जैसा मतवाला आपका देवर देख लेगा तो पिट जायेंगी। जीभ के कारण हाड़ टूटेगी।"—छोटी ने नींबू के छिलकों को देखकर कहा। तब तक मँझली थाली धो माँजकर आ चुकी थीं। उन्होंने कहा—

"कहाँ हो तुम ? दोनों भाईयों की जूठी थाली से बहिन दाई ने नींबू का छिलका उठा लिया था, उसी को धोकर सँजोये थीं। पता नहीं कैसे इनका मन मानता है।"

"सीताराम सीताराम, हे भगवान!"—भावुक छोटकी की आँखें भर आईं। दादी के लिए मानो कुछ हुआ ही नहीं।

"ऐजी, आपलोग कुछ न बोलें; मेरे देवर लोग मेरे बच्चे हैं। उनका जूठा खा ही लिया तो क्या हुआ ? हाथ तो उन लोगों का बचपन से ही छूटा हुआ है। जाने दीजिए। आह-आह करके मेरे मुँह का स्वाद न बिगाड़िये।"—दादी सचमुच परितृप्त भाव से भात दाल खा रही थीं। उनके श्राद्ध में नींबू का दान कर छोटे देवर ने महादान कर दिया। पूस माह में जीर्ण-शीर्ण सुजनी के नीचे देह नोंचती-नोचती चली गईं दादी। उनके नाम पर मँझले देवर ने रेशमी रजाई, लाल इमली का कम्बल दान दे इलाके में नाम कमाया। विधवा निपुत्र भौजाई के लिए कौन करता है इतना, पूरा इलाका गुण गा रहा है।

गाँव अब भी वैसा ही है। गाँव है, गाँव में हैं तक़दीर की मारी स्त्रियाँ। ये न समझें कि गाँव-गाँव रेडियो ट्रांजिस्टर और बैटरी वाला टेलीविजन चला गया है तो दादी का अस्तित्व समाप्त हो गया है। नः, सो नहीं हुआ है।

✤ ✤ ✤

कौस्तुभ-स्तंभ

''माँ... ओ माँ... तुम ठीक तो हो ना... कैसी हो... ? आवाज... ओ।''

चीख-चीखकर बेटा पुकार रहा है तटबंध से। पानी में आवाज़ दूर तक गूँजती है। साँझ गहराने के साथ ही तटबंध की ओर से जनसमूह के बाक़ी कलमल स्वर बंद हो गए हैं। यही एक तीखी उतावली आवाज़ आ रही है बार-बार। उत्तर न पाने पर विवश चीख जैसी।

''मुझसे चिल्लाना न हो सकेगा मंगल-बहू। तू आवाज़ दे दे।'' देवी माँ ने छप्पर की मुँडेर पर बैठी अपनी साधिन से कहा।

''बउआ ए हम ठीक हैं...।'' देर तक पुकारकर जोर-से कहने की चेष्टा की मंगल-बहू ने। गले पर जोर पड़ने के कारण खाँसी आ गई। खाँसी थमते ही हँसने लगी मंगल-बहू।

''अब तुम्हारी यह बेवक़्त की हँसी शुरू हो गई।'' देवी माँ ने उसे बरजते हुए कहा।

''देवी माँ, अब बउआ चुप हो गया, हमारी आवाज़ पहुँच गई है', खिलखिलाती हुई बोल रही थी, मंगल-बहू।

''ओफ्फोह, हँसी बंद करो, तुम्हारी यह हँसी की आवाज़ भी फिसलती हुई किनारे की तरफ़ जाती होगी।'' परंतु मंगल-बहू की खिलखिलाहट और तेज़ होती जाती।

अब मैं इसे कुछ न कहूँगी। जितनी रोकेगी उतना हँसेगी, लोट-लोटकर कहीं पानी में न गिर जाए। पगली तो है ही। तटबंध पर सब खुले आकाश के नीचे कैसे होंगे। एक ही तो खाट जा पाई थी, कुछ चटाइयाँ थीं। रह-रहकर किसी बच्चे की रोने की आवाज़ सुन पड़ती थी। आकाश काली अँधेरी चादर की भाँति तना है सिर के ऊपर। प्रकृति की कृपा है। असीम जल के इस विराट विस्तार में कभी कुछ गिरने की आवाज़ आती है तो कभी किसी पक्षी के फड़फड़ाने की। देवी माँ चारों ओर दृष्टि घुमाती हैं। कहीं कुछ नहीं है। पानी

पर आँखें स्थिर करती हैं। सारी झोपड़ियाँ बह गई-सी लगती हैं। क्योंकि पानी एक विशाल स्लेट-सा दीखता है, सीधा सतर। मंगल-बहू की हँसी थम गइ थी। कुछ गिरने की ज़ोरदार आवाज़ हुई। धस्स।

"देवी माँ, ये क्या गिरा? पानी में तेज़ी बहुत है, कहीं कोई पेड़ तो नहीं गिरा?"

"नहीं। जान पड़ता है सखीचन का दालान गिरा है। मिट्टी के पानी में गिरने की आवाज़ थी और वह भी दक्षिण से। उस ओर तो उसी का दालान था।"

"हाँ उस ओर उसी का दालान था। कितना पुराना दालान था। कितना बरसात खा गया, कितना बाढ़ का पानी। आज वह भी गिर गया।" मंगल-बहू ने उसाँस ली। गाँव का सबसे बड़ा और ऊँचा दालान था। एक हाथ धरती के नीचे से पक्के ईंट की कुरसी फिर मटियार की भीत।

दीवारों के बीच एक छोटी-सी कोठरी थी पहलें बाद में उस कोठरी को तोड़कर मचान बना दिया गया। अपनी झोपड़ी से पहले मंगल-बहू इसी दालान में उतरी थी। पचास-साठ साल पहले की बात होगी, मंगल अपनी बहू का गौना कराकर लाया था। उस वर्ष खेत ख़ूब उपजा था। घर-घर कोठिले और बखारियाँ (मिट्टी तथा बाँस के अनाज रखने के पात्र) बन रही थीं नयी-नयी। पूजा और कीर्तन का जोर था गाँव में। मंगल कुम्हार के घर अनायास बरतनों की बिक्री बढ़ गई थी। मंगल की माँ दिवंगत हो गई थी। ले-देकर एक बाप और एक मंगल। बाप ने बहू के गौने का दिन भेजा था। मंगल अपनी बहू को लिवाकर बैसाख के पूनों के दिन ला रहा था। मंगल-बहू के पके चेहरे पर अब भी पूनो का प्रकाश छा जाता है यदा-कदा। गाँव के पंडित जी ने गौने का समय दिन उगते ही रखा, सो मंगल अपनी बहू को सुबह-सुबह लिवा के चला था। आगे-आगे पीली धोती, लाल गमछा और बड़ी-सी पोटली लिए मंगल कुम्हार, उसके पीछे लाल साड़ी में लिपटी साँवली सलोनी बहू। बहू ने लंबा घूँघट किया था। उसके पैरों का कड़ा-छड़ा चलते समय रुन-झुन की आवाज़ करता था। थोड़ी ही दूर चलने के बाद शायद धूप और नए वस्त्र के घूँघट ने मंगल-बहू को थका दिया था। साथ चलते भरिया ने आवाज़ दी थी— "मेहमान, ज़रा इस पीपल की छाँव में बइठ जाइए, बहिनी थक गई है।" और सब बैठ गए थे। मंगल पूरब की ओर मुँह करके बैठा था तो बहू पश्चिम की

ओर। अभी भी मंगल–बहू को स्मरण है मंगल अपनी कमर टटोलने लगा था। साथी भरिया ने देखा और पूछा था—''तलब लगी है मेहमान, बीड़ी–उड़ी की खैनी–चूना?''

''बीड़ी। लगता है कहीं गिर गई बगुली।'' शर्माता–सा सफाई दे रहा था मंगल। ''बहिनी, तुम्हारे पास है बीड़ी?' भरिया ने पूछा था। बेहद लजा गई थी मंगल–बहू हाय–हाय, कैसा मूरख है, 'आदमी' के सामने बीड़ी के लिए पूछता है। पर अनायास अपने नए सिले झुल्ला (ब्लाउज) की बगली (जेब) में हाथ चला गया। वह छींटदार झुल्ला बाबू सुपौल बाज़ार के दर्जी से सिलवाकर लाए थे। जमना कुम्हार की बेटी थी, कोई मामूली नहीं थी। जमना कुम्हार पंडित कहलाते थे। बर्तनों में एक से एक फूल–पत्तियाँ, क़िस्से–कहानियाँ गढ़ते थे। उनके भित्ति–शिल्प प्रसिद्ध थे। अपना घर फूल–पत्तियों से भरा हुआ था, बरतन का बड़ा कारोबार था। मिट्टी से रुपया बनाना कोई उनसे सीखे। सो गाँव में पहले–पहल कोई हिन्नू लड़की दर्जी का सिला झुल्ला पहनकर ससुराल चली थी। झुल्ला की बगली से बीड़ी का बंडल और दियासलाई निकालकर मंगल–बहू ने हाथ बढ़ाया था। लाख की सुनहरी नारंगी चूड़ियाँ और कंगन मीठी टकराहट से कुनकुना उठीं। तभी मंगल ने पलटकर देखा साँवला गदबदा हाथ आगे बढ़ा। वह कैसे सीधे–सीधे उस हाथ से ले ले बीड़ी। अभी भी वैसे ही याद है मंगल–बहू को। उसने थकमकाकर बीड़ी और दियासलाई ज़मीन पर रख दिया था। क्षणांश में जो देखा था मंगल का वह रूप, अब भी याद है। कभी भूली कहाँ थी। गोरा सुंदर मंगल तेज धूप के कारण लाल भभूका लगता था, घनी काली मूँछें और घुँघराले बाल थे। सहेलियाँ सच ही कहती थीं—''क्या आग–सा चमकीला तेरा दूल्हा है। तेरे साथ ख़ूब जमेगा, कोयले में आग जैसा।'' एक पुलक एक सिहरन व्याप गई शरीर में। उठते–बैठते, बैठते–उठते, धीमे–धीमे डग भरते जब मंगल अपने गाँव के सिमान पर पहुँचा तो दिन ढलने में एक पहर बाक़ी थी। पहली बार बहू दिन रहते घर में पैर नहीं रखती, दिया–बाती हो जाने के बाद लक्ष्मी का आह्वान होता है। सिमान के पाकड़ का पेड़ ही पहली गेह थी मंगल–बहू की। इस विशाल वृक्ष की छाँव में बढ़ोत्तरी ही हुई है, कमी नहीं हुई। दक्षिण की ओर गरदन मोड़कर देखा मंगल–बहू ने। आँखों की ज्योति कम हो गई है।

''देवी माँ, पाकड़ का पेड़ ठीक है न! देखिए तो।'' देवी माँ दक्षिण की ओर मुँह करके पहले से बैठी थी। उन्होंने कहा, 'हाँ, ठीक है सत्तासी की बाढ़ में जो नहीं गिरा जो अब क्या गिरेगा?'

''सत्तासी से कम जोर का तो नहीं है यह बाढ़।'' वह बुदबुदाई, ''हूँ, टक्कर बराबर की है।'' बड़े सहज भाव से बातें हो रही थीं। मानो बाढ़ की विभीषिका को ये सद्यः झेल नहीं रही हों। कहीं दूर से देख रही हों।

''अपने यहाँ कहिबी (मुहावरा) है न 'पंथक पाकड़ि', सो अपने इस गाँव में सत्त है।''

''हूँ!'' देवी माँ ने फिर हुंकारी भरी। चिलचिलाती धूप में जलता हुआ वन-प्रांतर। छाँव के लिए लालायित लोग आकर इस घने पाकड़ वृक्ष के नीचे आराम से दुपहरी काट लेते हैं। छोटे-मोटे व्यापारी सुखाड़ के समय अपने घोड़ों, बैलगाड़ियों सहित इसी पाकड़ के तले रात गुज़ार लेते हैं। आँधी-तूफ़ान बरसात में यह वृक्ष शरणस्थली रहा है और अब बाढ़ में सैकड़ों जीव-जंतुओं का बसेरा रहता है। सौ साल से ऊपर का तो अवश्य है वह वृक्ष। इसकी उम्र का कोई बुज़ुर्ग जीवित नहीं है इलाके में। फिर एक जोरदार छपाक का स्वर सुनाई पड़ा।

''लगता है दालान का धरण गिर गया,'' फुसफुसाती सी बोली मंगल-बहू।

उस दिन पाकड़ के नीचे गाँव भर के बच्चे जमा हो गए थे। फिर किशोरियाँ, तब युवतियाँ और बूढ़ियाँ भी आ जुटी थीं। मंगल-बहू लाल कपड़े की गठरी बन गई थी। नख-सिख ढक लिया था। सुकनी मलाहिन गाँव की बुज़ुर्ग बेटी थी। उसकी बात कोई नहीं काटता था। उसने बच्चों, किशोरों और बुज़ुर्गों की भीड़ को धमकाया कि बहू का पीछा छोड़ें। पर भीड़ थी कि गुड़ पर लगे चींटे की तरह चिपकी जा रही थी। तब सुकनी ने कहा था—''कब तक गठरी बनकर बैठी रहेगी बहुरिया यहाँ, साँझ ढलने में देर है। इसे सब लेकर सखीचन के दालान में चलो।'' आगे-आगे सुकनी पीछे-पीछे बहुरिया मंगल-बहू और चारों ओर से गाँव के बच्चे। दालान की कोठरी में बहुरिया को बैठाकर सुकनी पीछे मुड़ी थी तो मंगल कोने में खड़ा था। ''अब मैं उधर जाऊँ?'' मंगल ने बाहर की ओर इशारा किया।

''कहीं नहीं जाएगा तू, बहुरिया के साथ पहले घर में घुसेगा तब कहीं

बौराएगा। ऐ भरिया तुम भी यहीं बइठो। मंगल इहैं रह। अरे बच्चा-कच्चा सब भाक्-भाक्।''

भीड़ भगाने की निरर्थक चेष्टा की थी सुकनी मलाहिन ने।

''और बहू रे, हम तो भूल ही गए कि मंगला के बाबू ने विधि-ब्यौहार का सामान जुटाने को बुलाया था। रे मंगला, बहुरिया के पास कोई न जाए, देखना।'' सुकना निर्देश देकर चली गई। निमुन्न लाल गठरी में अधिक देर बच्चों को बाँध रखने की कोई बात नहीं थी। धीरे-धीरे भीड़ अगल-बगल ससर गई। मंगल हौले से कोठरी में गया था।

''सुनती हो, एतना घोंघट का बंद घर में ज़रूरत नहीं है। ज़रा देह में हवा लगने दो। हमारे घर बाबू और हम हैं बस। बाकी नौकर-चाकर, मट्टी लाने वाला, कूटने-गूँधने वाला। चाक पर तो हम और बाबूजी बैठते हैं। सारा घर तुम्हें सँभालना है। अब तक तो जैसे-तैसे भात बनाकर हम लोग खा लेते थे। तुम आ गई हो तो सुभीता होगा।'' एक-एक शब्द मंगल-बहू मानो पी रही थी। ममता से भर आया था मन। उसी दिन से सोलह वर्ष की कुमारी कन्या माँ की भूमिका में आ गई थी। माँ की तरह देखभाल की थी ससुर की और एक हद तक पति मंगल की भी।

सखीचन का वह ऊँचा धरण वाला दालान बार-बार मरम्मत होता रहा था। कोठरी टूटकर मचान बनी। मचान हटाकर चौकियाँ रखी गईं। लीपते-रंगते दालान का रूप कई बार बदला, पर भित्ति वैसे का वैसा ही रहा। धरण ने लंबे-चौड़े चार खंडों वाले छप्पर को अब तक धारण किए रखा। कई-कई बार तरह-तरह के खर-कास से छवाया गया। छप्पर अब लगभग पंद्रह वर्षों से खपड़ा से छवाया गया था। सत्तासी की बाढ़ में एक-एक कर यों ही खपड़े पानी में गिरते रहे तब फिर किसी तरह सखीचन पासवान के पोतों ने आधे बचे खपड़े आधे खर-पुआल से छवा दिया दालान को।

नीचे से जर्जर हो गई थी दीवार, आज संपूर्ण चौपट। पूरा दालान गिर गया जान पड़ता है।

''देवी माँ, ई लगता है धरण गिर गया।''

''ऐसा ही हुआ है।''

''बहाव तो बहुत तेज़ है—कहाँ से कहाँ बहाकर ले जाएगा। जिसको मिलेगा यह धरण उसका तो भाग खुल जाएगा। असली सारिल चह (एक

प्रकार की लकड़ी) का है। लोहा से भी बरियार।''

''सो तो है। यह दालान दक्षिण की ओर था। धारा उत्तर से दक्षिण की ओर बह रही थी। कहीं हमारा घर दक्षिण में होता तो उस विशाल धरण की चपेट में अपना यह छप्पर आ जाता।''

''तब क्या होता देवी माँ!'' धीमा डरा-सा स्वर था मंगल-बहू का मानो किसी ने सुन लिया तो धारा पलट जाएगी।

''माँ ऽ ऽ ऽ ऽ ठीक हो न! आवाज़ दो। माँ ऽ ऽ ऽ!'' जिज्ञासा की चीख फिर गूँजी।

''हाँ, बउआ ऽ ऽ ऽ हम ठीक हैं—ऊ ऊ ऽ ऽ!'' चिल्लाई मंगल-बहू। सब शांत हो गया।

''बउआ रात भर जागता रहेगा देवी माँ, आपकी जिद भी अपार है। निसाभाग रात में उसको भी कैसे निन्न होगा। इहाँ रहके ठीक नहीं किया।'' झुँझला उठी मंगल-बहू।

''जागना ही चाहिए। प्रत्येक रात सोता ही तो है। विकाल समय है, जागना उचित है।'' हौले से हँसी देवी माँ।

''सत्त वचन है, मगर आपका यहाँ रहना नहीं सुहाता है।''

''आख़िरी नाव छूटते-छूटते घना अँधेरा छा गया था, तुमने भी तो देखा था। फिर मैं कैसे एक बार और आने को कहती। उन लोगों की जान खतरे में डालती? जो बात नहीं समझती उसमें भी टाँग मत अड़ाओ।'' देवी माँ ने झिड़की सुनाई। चार मजबूत खंभों और बांस के झांझन वाले इस घर की छप्पर पर बैठी ये दो जांबाज वृद्धाएँ फिर चुप होकर जल-प्लावन का हहराता शोर सुनने लगी।

मंगल-बहू रात होने पर अपने घर आई थी। मुहल्ले-गाँव की बहनों ने दुअरि-छेकाई की रस्म की थी। बुजुर्ग महिलाओं ने बाक़ी विधि-ब्यौहार निपटाए थे। घर में माँ-बहन की कमी को किसी ने अनुभव न होने दिया था। सुकनी मलाहिन ने बहू के यहाँ से आए संदेश ठेकुआ पूरी महिलाओं-बच्चों में बाँटे। सौगात लेकर जब सब चली गईं तब मंगल घर में आया था। बड़े से भित्ति घर में एक कोने पर बरतनों का अंबार लगा था। परिचित सोंधी महक से घर गुलजार था। सुंदर नक्काशीदार लाबन (दीया रखने का स्टैंड) पर बड़ी

सी मिट्टी की ढिबरी जल रही थी। सब कुछ प्रकाशित था। मंगल ने आते ही मनुहार से कहा, "इसने कुछ खाया नहीं, दिन भर की भूखी है। कुछ खा लेती तो अच्छा रहता।" बहू लाज से सिमट गई थी। तब मंगल पास आया था "घोंघट हटा, कौन है दूसरा-तीसरा इहाँ?"—मंगल ने घूघट खींच दिया था। बहू खिलखिलाकर हँस पड़ी थी। उसकी वही हँसी अब तक बरकरार है। मंगल को अपनी खाई-पीई गदराई बहू ख़ूब अच्छी लगी थी। घने घुँघराले बाल कसकर जूड़े की शक्ल में बँधे थे, ऊन के फुँदने और कौड़ियों वाले नाड़े से। "खींचकर बाँधा गया बाल दुखता है, इसे खोल दें?" बहू ने पूछा था।

"मैं क्या जानूँ! दुखता है तो खोल दे।" मंगल ने सहमति जताई। दूसरे दिन गाँव की स्त्रियों ने बहू को घूँघट के अंदर बाल फैलाए देखा तो मुँह छिपाकर हँसने लगी थीं। बहू काम में ऐसी जुट गई कि मायके की कभी याद ही नहीं आई। एक-एक कर आठ बच्चे हुए। तभी गाँव में कोसी की विनाश लीला शुरू हो गई थी। मलेरिया जड़ जमाकर बैठ गया। ससुर के मलेरिया से मरने के बाद घर में मानो यम का प्रवेश हो गया था। मंगल और तीन बेटे दिवंगत हो गए। दो बेटियाँ भी उसी राह चली गईं। इलाके के सबसे बड़े कलाकार कुम्हार जमना पंडित की बेटी, संपन्न लोगों में गिने जाने वाले नेवा पंडित की पुत्रवधू मंगल-बहू निराश्रित हो गई। भात-रोटी पकाने के अतिरिक्त कुछ सीखा ही नहीं था उसने। ज़रूरत ही नहीं पड़ी थी। कच्ची मिट्टी के बरतनों में गाबिस की चित्रकारी मात्र जानती थी जो आग में डालने से पहले किया जाता। किंतु बिना बरतन गढ़े चित्रकारी कैसी, आँगन के कोने में दूर-दूर से लाई गई मटियार, गाबिस चिकनी माटी की पिंड थम गई। घर के कोनों में चुपचाप बैठे रहते तीनों बच्चे—सोना, रूपा और अनधन। सोना थोड़ी बड़ी थी। रूपा और अनधन को खिला-पिला देती। माँ की सार-संभार भी कर देती। मलेरिया से काँखते गाँव में लोग बचे ही कहाँ थे? कुछ मर-मरा गए, कुछ परदेस चले गए। पूरे पाँच सौ की आबादी वाले गाँव में कुल पच्चीस आदमी रह गए थे। कुत्ते और सियार साथ-साथ भूँकने लगे थे। हवा की साँय-साँय और टिटहरी की चीत्कार के अलावा इनसान का क्रंदन मात्र रह गया था। पालने वालों के अभाव में ढोर-डंगर भी नहीं रहे।

काँव-काँव-काँव! कौए के बोलने की आवाज़ आई।

"देवी माँ, यह तो कौआ बोल रहा है, कहाँ बैठा है?" मंगल-बहू ने

चौंककर पूछा।

"इस छप्पर के अलावे पाकड़ का पेड़ है जो पानी से ऊपर है। उस पर भी हमारी तरह सैकड़ों जीव-जंतुओं ने पनाह लिया होगा।"

"ठीक कहती है, पंछी सब उसी पर होगा।"

"तीन प्रहर रात बीत गई लगती है।"

"जय कोसिका माई। बाल-बच्चों की रच्छया करना। मैया सब तोहरे भरोसे है।" उत्तर की ओर गरदन मोड़कर देखती है मंगल-बहू! उसका घर और बाकी सभी बैकालियों, मल्लाहों और कुंजड़ों का घर पानी के अंदर है। इस छप्पर के चारों ओर बस पानी ही पानी है। कहीं-कहीं कुछ पौधा सा दीखता है। संभवत: वह ऊँचे ढूह पर यत्न से लगाया गया श्याम-तुलसी वन है। तुलसी की फुनगी जल के ऊपर है। मंगल-बहू के लिए यह नया नहीं है। इस इलाके में तो ऐसा होता रहता है। दसई (दशहरा) का ढोल सुनते ही पानी भाग जाता है। नए सिरे से शुरू होता है यह बाँस का काम। दीवाली आते-आते घर का छाजन-छप्पर भी तैयार और आँगन-मुँडेर भी लेप पोतकर सुचिक्कन। दीवाली और गौ पूजा के बाद खलिहान की तैयारी शुरू होती है। कोसी के आते-जाते जल वाले इलाके में मोटे धान की फसल अच्छी होती है।

"देवी माँ, छप्पर का बल्ली-बाँस कस के पकड़े रहिएगा, छाजन वाला खढ़ न कहीं पकड़ाए, खिसक जाएगा तो क्या होगा?"

"हूँ, तुमने क्या पकड़ रखा है वह ध्यान दो, मैं ठीक हूँ।"

"अरे बाप रे, हम तो बाती पकड़कर बैठे हैं। ज़रा भी हिल-डोल नहीं रहे हैं। चारों तरफ़ बेंग-साँप, मूस-छुछुंदर बैठा है।"

"तुम उसके डर से सिमट सकती हो। वह तो नहीं डरता।"

"अरे बाप रे, याद है उस बार कितना चींटा आपके पैर पर चढ़कर बैठ गया था। रात भर काटता रहा था। अभी भी घाव का दाग है। आप अस्सब (असंभव) जीव हैं। इस बार भी कुछ काट रहा होगा। आपको यहाँ रुकना नहीं चाहिए था।"

"अब ज़्यादा लेक्चर न झाड़ो। चुपचाप बैठी रहो। सुबह होने में देर नहीं है।"

"ऐसे ही आप बोलती हैं। हम चुप नहीं रहेंगे..." देर तक बड़बड़ाती

रही थी मंगल–बहू। फिर सोचने लगी थी। दस–बीस लोगों के टोले पर एक दिन रोशनी दिखाई पड़ी थी। जब सफ़ेद कपड़ों में सजा एक व्यक्ति देवदूत-सा आकर खड़ा हो गया था। साग–पात पर गुज़ारा करते, मलेरिया के जूड़ीताप से जूझते मृत्योन्मुख प्राणियों के मन में आशा की किरणें फूटीं। खैरात का अनाज खाने के लिए, दवाइयाँ रोगमुक्त होने के लिए, शुद्ध जल पीने के लिए चापाकल उन्होंने मुहैया कराई। सामान्य शिक्षण के लिए स्कूल खोलने का संकल्प उन्होंने लिया। अपनी सहधर्मिणी देवी माँ को लाकर उन्होंने यहीं घर बसा लिया।

आज कोई गाँव में नहीं रहता। छबीला, लछना, रामकिसुन पढ़–लिख गया तो बाहर नौकरी करने चला गया। बिहारी, सेवक और सनीचर जैसे पचासों मर्द मजूरी के बहाने सालों–साल गाँव नहीं लौटते। कई घरों की औरतें भी आँखों में सुरमा डालकर शहर की ओर चली गईं। इधर ये देवी माँ शहर से आकर गाँव में रह गईं। अभी भी इनके बच्चे शहर में हैं। इनका एक घर शहर में है। सतासी की दुर्दांत बाढ़ में इसी तरह सारे गाँव की औरतों–बच्चों को नाव से पार कर तटबंध तक पहुँचा आई थीं। ख़ुद इसी प्रकार इसी छप्पर पर बैठी रह गई थीं। पूरे पैरों पर चीटियाँ चढ़ गई थीं। देवी माँ ने उफ तक न किया। अलबत्ता सुबह होने पर तटबंध तक पहुँचते–पहुँचते बेहोश हो गई थीं। जब होश में आईं विधायक जी हाथ जोड़े खड़े थे।

"देवी माँ, आप हम लोगों को कितने बड़े अपयश में डाल देतीं। अव्वल तो इस बरसात में आपको यहाँ रहना ही नहीं चाहिए था, रह गईं तो सबसे पहले सुरक्षित स्थान पर पहुँच जाना चाहिए था। आप सुकुमार ठहरीं। इनका क्या, इन्हें तो बाढ़ की आदत है।"

"आदतें तो बदलती रहती हैं बेटे! देखो तुम्हारी बाढ़ की आदत थी, बदल गई। तुम चौमासा राजधानी के पक्के मकान में गुज़ारते हो। मैं इनके साथ हूँ। तुम्हें मेरे लिए सचमुच ज़रा भी दर्द है तो बरसात के पहले नाव का इंतजाम क्यों नहीं कर देते। मैं तुम्हारी तरह ख़ुदगर्ज नहीं हूँ कि सुख के समय इस माटी में रहूँ और दुःख पड़ने की आशंका से ही भाग खड़ी होऊँ।"

"आप ठीक कहती हैं। पर अब आपकी उम्र कम नहीं रही," विधायक जी ने उत्तर दिया था।

"तुम्हारे पुरखे बुढ़ापे में राजधानी चले गए थे! वहाँ क्या यमराज नहीं आते?"

"आपसे अधिक बोलना नहीं चाहता, पर मैं सचमुच आपके लिए कुछ करना चाहता हूँ।"

"मेरे लिए क्या और क्यों करोगे? अपनी इस पीड़ित जनता का ख़याल करो जिसकी सेवा का संकल्प लेकर तुम कुर्सी पर बैठे हो। जाओ कुछ करो उनके लिए जो सचमुच तुम्हारी मदद चाहते हैं।"

दुम दबाकर लौटे विधायक जी ने पहले तो इलाके के लोगों को डपटा कि क्यों देवी माँ को पानी के अंदर रहने दिया। फिर मदद का आश्वासन देकर चले गए। कुछ दवाएँ और तैयार भोज्य सामग्री बाँटी भी। फिर जब-जब इधर का रुख किया दूर से ही रोब गाँठकर चले गए। देवी माँ से मिलने की चेष्टा नहीं की।

गाँव के लोगों ने अपने आप को ठीक से पहचानना शुरू ही तो किया था कि बीच में ही रहबर चला गया। फिर से सब निराशा के अंधकार में डूब गए। सोना, रूपा और अनधन पंडित की माँ मंगल-बहू जो अब तक मजबूती से अपने पैरों पर खड़ी हो गई थी भीतर तक हिल गई। देवी माँ ने इसे जीना सिखाया था।

"तुम्हारे पाँच बच्चे और पति नहीं रहे, उसका तुम सोग मनाती हो। सोना, रूपा और अनधन सामने खड़ा है उसे पालने-पोसने की ज़िम्मेदारी नहीं समझती? जो चला गया उसकी चिंता में जो सामने है उसे भी खो दोगी मंगल-बहू!" उन्होंने समझाया था।

"मैं क्या कर सकती हूँ देवी माँ, कुम्हार का धन तो मिट्टी का होता है। वह काम कौन करेगा? मुझे तो हाथ से ठोंक के तवा और दीया बनाना भी नहीं आता।"

"कुम्हार हो, सृष्टि की चाक कभी नहीं थमी। सबसे बड़ा कुम्हार जो ऊपर बैठा है, तुम्हें बैठने नहीं देगा। बच्चों को पालने के लिए खेतों में काम करो। उसमें हुनर की नहीं परिश्रम की आवश्यकता है।"

"एक तो मैं ठीक हँसिया-खुरपी चलाना नहीं जानती। दूसरे लोग हँसेंगे।"

"हँसने दो, कोई तुम्हें मुफ्त खाने को नहीं देगा। कोई तुम्हारे बच्चे नहीं पाल देगा। रही हँसिया-खुरपी से काम लेने की बात, तो वह तुम जल्दी ही

सीख लोगी।''

देवी माँ के सुझाए रास्ते पर चलकर मंगल-बहू ने बच्चों को पालकर कमाऊ बना लिया था। इलाके के लोग एक ही बात कहते, बाबू के चले जाने के बाद अब देवी माँ नहीं रहेगी। अपने घर शहर चली जाएगी। खेत जो उनके हैं सारे या तो बटाई पर लगा देंगी या बेच लेंगी। ऐसे ही समय में मंगल-बहू देवी माँ के पास जाकर खड़ी हो गई थी।

''आप जब शहर जाने लगें तो मुझे और अनधन को भी ले चलें, हम आपके घर का काम कर देंगे। आपके बिना रहा नहीं जाएगा।'' बात समाप्त करते-करते रो पड़ी थी मंगल-बहू।

''अरे पगली, रोती क्यों है, मैं जा कहाँ रही हूँ। बाबूजी ने जो काम छोड़ा है मेरे जिम्मे, वह कौन करेगा? मुझे तो वे यहाँ रखकर परलोक चले गए तुम लोगों के लिए।'' संतोष की लहर फैल गई थी गाँव में। इस मिट्टी का सुख-दुःख देवी माँ का अपना है।

कौओं की काँव-काँव बढ़ गयी थी। एकाध दूसरी चिड़ियों ने भी चहचहाकर अपनी उपस्थिति जताई थी।

''भोर समीप है।'' देवी माँ ने आशावान होकर कहा मानो अपने आप से। ''भोर आशा का संचार करता है।'' फिर अस्फुट स्वर में बुदबुदाई—''इस इलाके का बारह मास आठ पहर की संपूर्ण यात्रा के समान है। अँधेरी काली रात की तरह बाढ़ का समय होता है। लाख यत्न करने पर भी इनसान अपना कुछ न कुछ गँवा देता है। सावन-भादों आते-आते अन्न का बहुत अधिक दाना बचता नहीं है, पर और भी तो घरेलू सामान होता है जो बाढ़ में चला जाता है। टाट-बाँस के घर टूट जाते हैं, ख़ूबसूरती और यत्न से गढ़े मिट्टी के कोठिले ढह जाते हैं। आले-ताखे, घिड़ौचियाँ, बिटियाओं के घरौंदे; कला संस्कृति का यह जीवन का अविभाज्य अंग प्रत्येक वर्ष निर्मित होता ही है बाढ़ में विसर्जित होने के लिए। मानो पूरे इलाके की जनता कोसी मैया की पाणिक पूजा करती हो जिसका ऐसा ही समापन होता है।''

तटबंध की ओर से रंभाने का स्वर सुनाई देने लगा है। भूसे और पुआल तो पर्याप्त मात्रा में हैं उधर। कुछ लोगों ने पहले से सूखे में अपने सामान रख छोड़ थे। काम चल जाएगा। ऊँचे मकानों वाले पुआल भी अबकी बह गए।

एक और बड़ी नाव होती तो शायद कुछ बच जाता। मन तिक्त हो आया देवी माँ का—"हुँह, अपने लोगों की अपनी चुनी हुई सरकार। अपना नुमाइंदा, एक नाव तक नहीं, कोई खोज-ख़बर नहीं। ज़रूरत क्या है उसकी। हेलीकॉप्टर से सड़े हुए पाव-रोटी पानी में छपाक से गिरा देने भर से ही उनके कर्तव्यों की इतिश्री हो जाती है। बाकी का काम अख़बार वाले कर देते हैं—काफ़ी राहत सामग्री बाँटी गई। सब ठीक है।"

खेतों से निकले अनाज जैसे पॉलिथिन पैकेटों में पॉलिश होकर बड़े शहरों के जनरल स्टोर्स में शोभायमान होते हैं, उसी तरह इस मिट्टी से जनमे बढ़े-चुने नए नेता राजधानियों की मखमली कुर्सियों पर विराजमान हो जाते हैं। पलटकर देखें क्यों, कीच-कांदो लग जाने का भय है।

"माँऽऽऽऽ। आवाज़ दोऽऽऽऽ।" किनारे से पुकार उठी।

"बउआऽऽऽ हम ठीक हैं। ऊऽऽऽ!" पलटकर मंगल-बहू ने तसदीक दी।

"आप कहेंगी तो बड़का नाव तुरत विधायक जी दे देंगे।" मंगल-बहू बड़बड़ाई।

"मेरे कहने से वो क्यों देगा, उसे क्या पड़ी है। उसी के परिवार वाले गाँव में डूबते हैं क्या? अरे मेरे कहने से अपने गाँव का कमाऊ पूत सब तो एक बड़ी नाव गँठवाता ही नहीं जिसके बीवी-बच्चे डूबते हैं!" विवश झुँझलाहट भर आई थी देवी माँ के स्वर में। मंगल-बहू को बेसाख्ता याद आया—देवी माँ अकसर अपने गाँव के छोटे से स्कूल की मरम्मत के लिए छोटे मेड़ों को रिंग बाँध का रूप देने के लिए, बरसात का ख़याल कर दो-चार और नावें ठुकवा देने के लिए हर वक्त अपने गाँव के लड़कों से कहती रहती हैं। उनका कहना है कि स्वार्थी ही बनो तो ऐसा काम करो जिससे संकट के समय सुभीता हो। यह तो जाना हुआ संकट है। हर पाँच-सात बरस पर विनाशलीला होनी ही है। दूसरे के भरोसे कब तक रहना ठीक है? छोटी-छोटी बातों के लिए सरकार का मुँह कब तक जोहा जाए? पर अब इनकी बात कौन सुनता है? अलबत्ता अपने बीवी-बच्चों को इन्हीं के भरोसे छोड़कर परदेस कमाने चले जाते हैं। मंगल-बहू ने अपने अनधन को कभी परदेस नहीं भेजा। उन्हें रखने और उबारने वाली धरती और आकाश समान देवी माँ तो यहाँ बसती है, फिर बाहर क्या है? मंगल के जाने के बाद कोई देखने वाला

नहीं था। आँगन में मिट्टी का ढेर पड़ा था। बरतन गढ़ने वाला कोई नहीं था। पड़ोस के गाँव का कुम्हार एक दिन आकर मंगल-बहू से निहोरा कर अनधन को माँगकर ले गया।

"बहुरिया, भाई साहब लोग रहे नहीं। तुम आज्ञा दो तो अनधन को ले जाऊँ। पुरखों का इलम सिखाऊँगा। आगे सारा इलाका इसी को सँभालना है।" कला सिखाने की बात कहकर बैजू पंडित ले गया पहले अनधन को पीछे चाक उठाकर ले गया, फिर धीरे-धीरे सारी मिट्टियाँ ले गया। मिट्टियों के दूहे जिस दिन आँगन से चले गए उस दिन मंगल-बहू का कलेजा मानो ख़ाली हो गया, शरीर निष्प्राण-सा रह गया। बिना चाक, बिना मिट्टी क्या कुम्हार पंडित का घर! थोड़े ही दिनों बाद रोता-धोता अनधन लौट आया—"मैं नहीं सीखूँगा बरतन बनाना, देख लिए लिल्हुए!" उसने हाथ के ऊपरी हिस्से को दिखाकर कहा, "कैसे मार-मारकर फुला दिए हैं, बैजू पंडित ने।" मंगल-बहू से देखा न गया, उसने खेत का काम सिखाया अनधन को। हल जोतना, फावड़ा भाँजना, खुरपी चलाना। आज तक वही करता है अनधन। हाथ छूटे मुफ्त के नौकर को बैजू पंडित छोड़ना नहीं चाहता था। पीठ पीछे ही आया था—

"बहुरिया, कुम्हार पंडित के बच्चों की तलहथी मिट्टी गूँधते-गूँधते मुलायम रहती है, इलम सिखाने के लिए बच्चे को थोड़ा ताड़न दे दिया तो भाग आया। अब खेत-मजूरों की तरह तरहत्थी में गट्ठा पड़वाएगी? सारी बिरादरी तुम्हीं पर नहीं मुझ पर भी हँसेगी।" देवी माँ ने आकर उबार लिया था—

"बैजू पंडित, मिट्टी-चाक सब ले गए मुफ्त, अब विपत्ति की मारी इस दुखिया के बच्चों को बख़्श दो।"

"देवी माँ मैं तो उपकार करना चाहता था।" बैजू ने समझाया।

"अभी तक कितनी बार चाक पर काम करने दिया?"

"पहले मिट्टी बनाना तो सीख ले, मिट्टी तैयार करना सबसे बड़ी कला है माँ!"

"ठीक है, वह काम तुम स्वयं करो। इन्हें उस कला को सीखने की अब इच्छा नहीं है।"—बैजू पंडित हाथ मलते चला गया मानो बँधुआ छूट रहा हो। आज अनधन गाय, बैल और दो भैंसों का मालिक है। रात गए तक नाव पर गाँव

के लोगों का असबाब और मवेशियों को ढोता रहा। "देवी माँ, लगता है मेरी पीट अकड़ गई है। दर्द छाती की ओर बढ़ रहा है। पैर भी सुन्न हो रहे हैं। कहीं मैं गिर न जाऊँ। आपका हाथ कहाँ है, मैं थाम लूँ।" मंगल-बहू ने काँखते हुए कहा। देवी माँ ने टटोलकर उसका हाथ थाम लिया।

"एक ही जगह उकड़ूँ बैठे-बैठे ऐसा हुआ है, अब तुम्हारी उम्र भी कम नहीं हुई मंगल-बहू। वो तो तुम्हीं हो जो इतना सहन कर लेती हो। बेकार यहाँ बैठी रही। तुम्हें चले जाना चाहिए था।" वे आशंकित थीं।

"देवी माँ, आपको छोड़कर..." ऊँह करके चुप हो रही मंगल-बहू। बोल नहीं पा रही थी।

"चुप हो, और धीरज धरो। देखो सुबह हो रही है। किनारे से कोई नाव खुली है। इधर ही तो आ रही है।" उसे समेटकर देवी माँ ने अपने गिर्द टिका दिया। किनारे से सचमुच नाव आ रही थी। निरभ्र आकाश का अक्स चतुर्दिक जल में पड़ रहा था। देवी माँ के सफ़ेद रेशम से घुँघराले केश हवा में उड़ रहे थे। काँधे पर मंगल-बहू को थामे हुए वो कल्पना के आकाश में चाँद पर बैठी हुई सूत कातती वृद्धा दीख रही थीं। जल में कहीं फुनगी, कहीं ऊँचा मचान, मचान पर आधा डूबा आधा सूखा पुआल का ढेर दीख रहा था। सखीचन पासवान के दालान का धरण सलीब की तरह आड़ा पाकड़ के विशाल पेड़ पर टिका था।

तेज धार के कारण नाव की दिशा बार-बार पलट जाती। टूटे छप्पर पर बैठी अपनी माँ और अनधन की माँ को लेने बाबू आ रहे थे। पंद्रह मिनट के रास्ते को पार करने में दोगुना समय लगा। नाव घर की दीवार से टिकाकर लगा दिया गया।

"पहले इसे सँभाल अनधन!" देवी माँ ने मंगल-बहू की ओर संकेत किया। उसे सँभालकर उतारा गया। नाव में बिछे पुआल पर लिटा दिया गया। अकड़े हुए पैरों से देवी माँ भी उतरीं। हलचल से आतंकित होकर छप्पर पर आश्रय लेकर बैठे मेढक, चूहे और छछूंदर छपाक्-छपाक् जल में कूदकर इधर-उधर भागने लगे। नाव बहाव की ओर थी। तुरंत किनारे पहुँच गई। अनधन ने माँ को गोद में उठा लिया। उसके हाथों में देवी माँ का पल्लू था। मंगल-बहू ने एक बार चारों ओर देखा, फिर देवी माँ को देखा। सूर्य की किरणों ने उनके श्वेत रेशमी केशों को सुनहरे रंग में रंग दिया। वत्सल माँ का मुखमंडल

संतुष्ट था। चारों ओर से औरतों-बच्चों ने उन्हें घेर लिया। एक व्यक्ति ने खाट बिछा दी। दूसरे ने चादर और तकिया रख दिया।

''ऐ क्या है खिसको-देवी माँ आराम करेंगी।'' अपनी माँ को पुआल पर बिछी चटाई पर लिटाते हुए अनधन ने डाँटकर भगाना चाहा।

''हाँ, मैं बेहद थकी हूँ। आराम करूँगी। तुम लोग जाओ। बच्चों को कुछ पकाकर खिलाओ। लकड़ियाँ हैं?'' देवी माँ ने खाट पर लेटते हुए प्रश्न किया।

''उपले हैं।'' किसी ने उत्तर दिया।

नीचे बिछे पुआल पर चटाई थी। उसी पर बाबू और बहुरिया बैठे हौले-हौले देवी माँ का सिर और पैर सहलाने लगे। अनधन की बहू अपनी सास को सँभाल रही थी।

अपने स्नेह के आँचल तले जनसमूह को सुकून देने वाली माँ की खाट में आतप रोकने को मसहरी लगाने लगा एक बच्चा।

''अम्मां, ज़रा ठहरकर सोएँ। चाय बनाती हूँ।'' खर-पत्ते जलाती केतली चढ़ाती बहू ने आवाज़ दी।

''बनाओ, पीकर ही सोऊँगी। अब तुम सब जगे रहो; मेरे आराम का समय है,'' उनींदी आँखों से कहा देवी माँ ने। उत्सव का वातावरण हो मानो। तटबंध पर ठिठका खड़ा सूरज भरपूर आँखों से देख रहा था—कभी निर्मम प्रकृति के बीच अखंड जलधार को और कभी अपराजित मानव समूह के बीच खड़ी कौस्तुभ स्तंभ दीपित देवी माँ को।

हरहराता हुआ हेलीकॉप्टर गुज़रा। नीचे की ओर झुकता हुआ, कुछ गिरता हुआ यहाँ-वहाँ। कल के अख़बारों में ख़बर बनेगी यह हवाई कलाबाजी, ख़बर नहीं बनेगी तो इनका अंग बनी देवी माँ और साथिन मंगल-बहू। सूरज इन्हें ऊर्जा देता बड़ी तेज़ी से आकाश के बीचोबीच अग्रसर हो उठा।

❖ ❖ ❖

नये समय पर

यही वह स्थान है जहाँ पुष्पा ने जन्म लिया था। यहीं इसकी पहली किलकारी गूँजी थी। यहीं अपनी माँ की तीसरी बेटी बन उपेक्षा दंश भी झेला था। पर उपेक्षा का दंश अधिक नहीं झेलना पड़ा था और जब चार साल की थी तभी उसके पीछे अम्मा ने एक भाई को जन्म दिया। सहसा यह माता-पिता की दुलारी हो गई थी। इसको कोहनी से पीछे ढकेल देने वाले पिता ने अब गोद में उठा लिया था और बड़े गौर से देखा था। फिर इसी के साथ दूसरी दो बेटियों को भी देखा। बड़ी बेटी साँवली सलोनी थी, दूसरी पिंकी गोरी चिट्टी गुलाबी रंगत लिये, सुनहरे केशों वाली है पर यह तो फूल सी खिली बिटिया है सो पुष्पा नाम रहेगा, विचारा। झाड़ू-पोंछा लगाने वाली अम्मा की बेटियों की स्थिति भी वैसी ही थी। पिता चिंटू राय एक जेलो साइकिल पर स्टॉकिस्ट से सामान लाकर दुकानों को पहुँचाता तथा बड़े-बड़े सपने देखता। सपनों की डींग भी मारता। अपनी बीबी तारा को भी सपने दिखाता कि यहीं इसी टोले के दलदल का एक कोना ख़रीदने वाला है जिस पर घर बनायेगा घर के चार कमरे होंगे, दो अपने लिए रखेगा दो किराये पर उठा देगा। बेटियों की शादी धूमधाम से करेगा। तारा जिन घरों में काम करती वहाँ से जो खाना मिलता उसी में सब मिल बाँट कर खा लेते। घर में जब बच्चे बड़े हुए तब ही रसोई बनाने लगी। तारा का अनुमान था कि चिंटू राय के पास काफ़ी रुपये जमा होंगे। एक मालकिन ने बड़ी बेटी नीरू को अपने पास काम के लिए रख लिया था। तारा ने पिंकी, पुष्पा और मुन्ना को सरकारी स्कूल में नाम लिखा दिया। बच्चों और तारा को मालिकों के यहाँ से कपड़े मिल जाते, पढ़ने-लिखने के लिए किताबें पेंसिल और कॉपी की मदद भी मिलती। फिर भी खर्चा बढ़ गया था। चिंटू राय काम के सिलसिले में अक्सर दस-बारह दिन बाहर रहता। तारा को यह कहकर सदा भरमाये रहता कि वह अधिक रुपये कमा रहा है ताकि एक घर बना सके। तारा के देखते-देखते दलदल वाली

ज़मीन बिक रही थी लोग छोटे-छोटे घर बना रहे थे। एक घर में वह किराये में रह रही थी। एक दिन चिंटू राय ने तारा के संचित रुपयों से ज़मीन ख़रीदने की बात कही। तारा ने इस शर्त पर दिया कि मकान वह बनायेगा। पिंकी और पुष्पा स्कूल जाती पर शाम को आकर अपनी अम्मा के काम में हाथ भी बँटाती। मुन्ना स्कूल के नाम पर कंचे गोली खेल कर समय गुज़ारता।

देखते ही देखते पिंकी बड़ी हो गई। चौदहवें साल में वह सचमुच चौदहवीं का चाँद हो गई। बड़े घर की मालकिन ने एक दिन आहें भरकर कहा था कि—"तुम यही विजातीय न होती और कामवाली दाई न होती तो..." पर यह सब तारा के लिए नया नहीं था। वह अपनी अम्मा और नानी के साथ घरों में काम करती आई है, अपने रूप गुण अभाव के कारण यह सब सुनती आई है। हाँ, चिंटू राय पहला ऐसा आदमी मिला जिसने पहले इसे पटाया फिर इसकी अम्मा को पटाकर गंगा किनारे के शिव मंदिर में जाकर शादी कर ली। एक कोठरी से उठकर दूसरी किराये की कोठरी में तारा आ गई। पन्द्रह-बीस दिनों के बाद ही पुराने काम पर जाने लगी।

पिंकी अपरूप थी। उसे देखने को सचमुच गलियों में लोग ठिठक जाते। अम्मा के साथ ही काम करने वाली संगों के आदमी ने ज़मीन ख़रीदकर दो कमरे बना लिये थे। वह राज मिस्त्री था। संगों के चार बेटे थे। वह अब काम नहीं करती थी। अपने बच्चों को सँभालती थी। संगों का बड़ा बेटा गुड्डू पिंकी को प्यार करने लगा था। सोलह साल का गुड्डू चौदह साल की पिंकी को जब तब स्कूल के रास्ते में रोक कर अपने प्यार का इजहार करता था। फ़िल्मों में देखे सुने डायलॉग बोला करता था। हेयर पिन और चॉकलेट गिफ्ट में देता था। पिंकी रोने लगती। तब गुड्डू उसे अपने से सटाकर प्यार करता तथा आँसू पोंछ देता। पिंकी को यह सब अच्छा लगता। गुड्डू ने अपनी अम्मा से कहा कि वह पिंकी से शादी करेगा। अम्मा को यह प्रस्ताव अच्छा लगा। उसने तुरंत जाकर तारा से बात की। आनन-फानन में दोनों का विवाह हो गया। चिंटू राय छः माह से लापता था। तारा को बेटियों के ब्याह की चिन्ता थी। बड़ी बेटी विवाह योग्य थी लेकिन वह एक सुदृढ़ वृक्ष की छाया में थी। उन्होंने कह रखा था कि उसका विवाह वह सही समय आने पर कर देंगी। पिंकी का स्कूल छूट गया। वह घर में बड़े घर की बहू की भाँति रहती। तारा को सुख मिलता। पुष्पा अब बिल्कुल अकेली हो गई। सर झुकाकर मुहल्ले की लड़कियों के

व्यंग्य बाण झेलती स्कूल जाती, माँ के हाथ भी बँटाती। दसवीं की परीक्षा सर पर होने के कारण पढ़ाई में मन लगाती। पीछे वाली भाभी के घर अम्मा अपनी शादी के पहले से काम करती थी। उनसे घरऊ आत्मीयता हो गई थी। उनके छोटे देवर इंजीनियरिंग के लिए प्रतियोगी परीक्षा की तैयारी कर रहे थे। बड़ी भाभी ने एक दिन पुष्पा से कहा—"तुम बबुआ से साइंस और मैथ्स क्यों नहीं पढ़ लेती? क्यों बबुआ?"—देवर से भी पूछा—"हाँ, बताओं क्या पढ़ना है?" सुनील बाबू के सामने ही ये लड़की बड़ी हुई है। चड्ढी से सलवार कुरती पर आई है। पढ़ाते हुए गौर किया कि लम्बी छरहरी युवती निकल आई है। लम्बे-लम्बे काले केश, बड़ी-बड़ी आँखें और गोल सुंदर चेहरा है। रंग खुलता हुआ गोरा है, इसके हाथ बेहद कोमल हैं। एक दिन पोंछा लगाते वक़्त टूटी काँच की चूड़ी से हाथ घायल हो गये थे। सुनील ने उसकी उँगली में बैंडेज लगाया था। हाथों की कोमलता इसके दिल में हलचल मचाने लगी थी। अनायास सुनील अपने साथ कोचिंग में पढ़ने वाली लड़कियों से पुष्पा की तुलना करने लगे। रूप गुण और शाइस्तगी में इसकी बराबरी कोई नहीं कर सकती। यह भी गौर करने लगे कि पान की दूकान के पास, मंदिर के चौतरे पर तथा सड़कों के नुक्कड़ पर शोहदों की भीड़ इस पर फब्ती कसने के लिए जमा होने लगी थी। वैसे वे छोकरे किसी को न छोड़ते। उम्रदार स्त्रियों को भी ये न बख्शते। पुष्पा तो एक सुंदर किशोरी थी। पुष्पा के लिए इनके मन में मोह उपजता। यह शालीन, सुन्दर लड़की यदि खाते-पीते घर की होती तो ऐसे सड़कों पर न चलती, न उल्टे-सीधे बोल सुनती। सुनील के साथ पुष्पा एक घंटा पढ़ती, इसका मन कितना लगता यह तो पुष्पा ही जाने पर सुनील का मन पढ़ाने में बिल्कुल नहीं लगता। जब से उसकी उँगलियों में बैंडेंज लगाया था तब से उसकी उँगलियाँ सहलाने, हाथ पकड़ने का लाइसेंस मिल गया था। पुष्पा भी हाथ नहीं खींचती। एक दिन धीमे स्वर में सुनील ने कहा—"मैं तुमसे प्यार करने लगा हूँ पुष्पा।"

"यह सही नहीं है सर"—उसने कहा।

"क्यों, तुम मुझे प्यार नहीं करती?"

"मेरी हैसियत नहीं है कि आपकी ओर भर नज़र देख भी लूँ।"

"देखो पुष्पा, देख लो मेरी आँखों में। तुम्हें सच्चाई का अंदाज़ा लग जाएगा।"—उसका हाथ पकड़ कर छाती पर रखा।

"सुन रही हो धड़कन? यह तुम्हारे लिए है।"—पुष्पा ने हौले से हाथ खींच लिया और कॉपी-क़लम लेकर चुपचाप चली गई। पर फिर दूसरे दिन आकर बैठ गई। अब ये भी उस नशे में घिरने लगी थी। विचारवान थी, अपनी स्थिति समझती थी पर प्यार तो परवश होता है। यह उसमें डूब गई। ये अवसर ढूँढ़ते एकान्त का। इन्हें मिल भी जाता। पुष्पा की अम्मा तथा बहनों ने उसके साज-सिंगार की बढ़ोत्तरी को सामान्य युवती का शौक समझा। परन्तु पुष्पा अब सुनील के लिए सब करती। सुनील इंजीनियरिंग की परीक्षा में पास होकर कॉलेज ज्वाइन करने की तैयारी कर रहे थे। पुष्पा का हृदय मिश्रित भाव में ऊभ चूभ कर रहा था। सुनील चला जाएगा तो कैसे काटेगी समय? सुनील ने कहा कि वह इंजीनियर बनकर अपने पैरों पर खड़ा होगा और पुष्पा से शादी करेगा। पुष्पा उसके कथन से आश्वस्त थी। उसे अपने प्यार पर भरोसा था। जब भी इसने कहा कि—"हममें आप में कोई मेल नहीं सुनील बाबू?, न तो जाति, न हैसियत। बेकार सपने न दिखायें" तब-तब सुनील कहता—"प्यार में यह सब नहीं देखा जाता; यह सब सच नहीं है।"

"पता नहीं भगवान की क्या मर्जी है।"—पुष्पा कहती।

"उनकी मर्जी है तभी तो हमलोग एक-दूसरे के निकट आये?"—सुनील पुष्पा को निरुत्तर कर देता। पुष्पा सुनील के प्रति पूरी समर्पित हो चुकी थी। सुनील चले गये थे। पुष्पा की परीक्षा निर्विघ्न हुई। वह सदा सुनील की यादों में खोई रहती। सुनील अपनी भाभी को पत्र लिखता तो पुष्पा का हाल पूछता उसकी परीक्षा के बहाने। भाभी पुष्पा को बता देती। कई बार हँसी-मज़ाक के लहजे में कह देतीं—"तुम अगर हमारी जाति की होती तो मैं तुम्हें अपनी देवरानी बनाती।" सुनकर पुष्पा की अम्मा तारा हँस देती—"तक़दीर की खोटी है।"

पुष्पा लजा जाती। ऐसे ही सुख से भरी हुई पुष्पा गहरी नींद में सोई हुई थी कि किसी का हाथ अपने चेहरे पर महसूस किया। वह चौंककर उठ बैठी। सामने खिलखिलाती हुई पिंकी बैठी थी। गहरे गुलाबी रंग की सिन्थेटिक साड़ी में पिंकी बेहद ख़ूबसूरत हो गई थी। दो बच्चे होने के बाद गदबदी भी हो गई थी।

"ओह पिंकी, तुम आई कैसे? सास ने आने दिया?"—पुष्पा ने आश्चर्य से पूछा।

"सासू माँ साथ आई हैं। नीलम मौसी भी हैं।"—मुस्कुराई पिंकी।

"अच्छा, बढ़िया मजमा जमा है। यह कैसे हुआ?" पुष्पा थी।

"है कोई बात!"—पिंकी ने आँखें मटकाई।

पिंकी की सास तथा बिरादरी की स्त्रियाँ मिलकर पुष्पा के लिए रिश्ता लाई थीं। नीलम की बहन पास के गाँव में ब्याही गई थीं। उनके पास खेत और ढोर-डंगर थे। वे खाते-पीते लोग थे। उनके परिवार की एक शाखा बहुत दिनों से बम्बई में काम करती है। एका भी बना रखा है। उन्हें में से एक लड़का किसी सेठ के यहाँ प्यून है। उसे कुछ न चाहिए। बस एक अच्छी सुंदर, सुघड़ लड़की चाहिए।

"देखो तारा बहन, मेरी आँख शुरू से ही पुष्पा पर लगी थी। जैसे ही दीदी ने मुझे अभय के लिए लड़की खोजने कहा मैंने पुष्पा का फ़ोटो आगे कर दिया।"

"ई कइसे? आप हमसे तो फ़ोटू भी नहीं माँगीं?"

"ज़रूरतें नहीं था। मेरे घर की शादी में इसका फ़ोटू भी तो उतारा गया था वही दिखा दिये। ई तो अच्छे से चमकती है जैसे सितारों के बीच चंदा।"—सब समवेत रूप से उत्साह में भरकर हँस पड़ीं। पुष्पा चकरा गई।

"ये सब क्या है पिंकी?"—उसने चिढ़कर कहा।

"क्या है? तुम्हारी शादी की बात है। तुम बच्ची नहीं हो। सत्रह साल की हो गई हो। मैट्रिक की परीक्षा दे चुकी हो।"—पिंकी ने कहा।

"मैं अभी शादी नहीं करूँगी। आगे पढ़ूँगी। तुम्हारी तरह इसी उम्र में बच्चे पर बच्चे पैदा नहीं करूँगी।"—रोष में थी पुष्पा।

"सपने ऐसे ही देख जो पूरे हों। अकेली अम्मा तुम्हें कैसे सँभालेगी। हम कैसे बेसहारा हैं, नहीं समझती?"—पिंकी ने समझाया।

"मैं अम्मा के साथ काम करती हूँ और एक-दो घर बढ़ा लूँ तो?"

"उससे क्या होगा? शोहदों और लफंगों से कौन बचायेगा? हमारे तो पापा ही गायब हो गये हैं, अम्मा क्या-क्या करेगी।"

"पर मैं शादी नहीं करना चाहती।"—बेबसी में रो पड़ी थी पुष्पा।

"मत रो मेरी बहन, अच्छा रिश्ता आया है। तुम दूल्हे के साथ बम्बई जाकर रहोगी। जीवन बदल जायगा।"—पुष्पा उसे पकड़कर रोने लगी। दोनों बहने देर तक रोती रहीं। कोई उपाय नहीं सूझ रहा था। पन्द्रह दिनों के अंदर

आनन-फानन में पुष्पा की शादी अभय से हो गई। अभय सुंदर सुडौल भला लड़का था। थोड़ी-बहुत पढ़ाई कर ली थी और बड़े सेठ के यहाँ प्यून की नौकरी कर रहा था। पुष्पा सुंदर सुघड़ बीबी साबित हुई। दोनों ने एक-दूसरे को कभी शिकायत का मौका न दिया।

कुछ ही दिनों बाद सुनील छुट्टियों में घर आये। पुष्पा को खोजा तब भाभी ने उसकी शादी की ख़बर सुनाई।

"क्या शादी? ऐसा कैसे हो सकता है?"—चौंक कर बोला सुनील।

"क्यों नहीं हो सकता सुनील? उस तबके में ऐसे ही होता है।"

"पर पुष्पा कैसे कर सकती है भाभी, उसने तो मुझसे वादा किया था।"

"क्या? वादा किया था? माजरा क्या है?"—भाभी ने अचरज भरकर पूछा। पूछने को पूछ लिया लेकिन जान तो स्वयं गई। सुनील हारे हुए जुआरी की तरह बैठ गया।

"सुनील, वह रो बहुत रही थी। पर मुझे लगा शादी कर दूर चली जाने वाली है, इसीलिए रो रही है। मुझसे कुछ कहना भी चाहती थी पर कह नहीं पाई।"

"मेरी ग़लती है भाभी, मैंने जो नहीं कहा।"—सुनील ने कहा।

"तुम क्या कहते? यह कि उससे प्यार करते हो, शादी करोगे? यह असंभव था। तुम्हारे घर के लोग तैयार न होते, तुम्हारी पढ़ाई पूरी होने में चार साल है; तब तक वह कहाँ कैसे रहती, ज़रा सोचो!"—भाभी के समझाने या सुनील के न समझने से भी अब कुछ बदला नहीं जा सकता। सुनील चुप था। इंजीनियर बना, नौकरी की, पढ़ी-लिखी सजातीय लड़की से शादी हुई। एक सामान्य जीवन जी रहा है, जैसे सारे लोग जीते हैं, जैसे प्रेम नाम का कोई कीड़ा कुलबुलाया ही न हो अन्तस में। सुनील ने अपने पिता के बनाये घर की छत पर अपना फ़्लैट बना लिया था; नीचे दोनों भाइयों का परिवार था। अभी उसकी पोस्टिंग अपने ही शहर में थी। सटी हुई इमारत के कमरों में बहुत सारे किरायेदार थे। तारा भी उनमें से एक थी। तारा का बेटा कभी-कभी सुनील से दुआ सलाम करने आता। वह राज मिस्त्री हो गया था।

अत्यन्त शांत वातावरण है इन दिनों। महामारी के कारण तालाबंदी, सामाजिक दूरी चल रही है। सुनील अपने घर पर गमलों के फूलों को निहारता हुआ बैठा है। सामने तारा के कमरे की बालकनी पर मोढे पर गाल पर हाथ

रखे जो स्त्री बैठी है, उसे देख धक से रह गया। क्या यह पुष्पा है? लम्बे घने काले बाल पीठ पर लहरा रहे थे। गोरा मुखड़ा चमक रहा था। हरे रंग की सलीके से पहनी साड़ी से आवेष्टित स्त्री पुष्पा ही तो है, फूलों की डाली नहीं एक गझिन गाछ सी बेचारी टिकट लेना चाहती है क्या करें? तभी उसकी पत्नी चाय के दो प्याले ट्रे में लेकर आई। वह निर्निमेष पुष्पा को ताक रहा था।

"क्या देख रहे हैं? यह दाई माँ तारा की बेटी पुष्पा है।"

"आँ, हाँ"—सुनील चौंका।

"बेचारी मुम्बई से आई थी अपनी सास को देखने; जाने का टिकट जब का था तब से लॉकडाउन हो गया। फँस गई। बच्चे दोनों और पति वहाँ। यह यहाँ।"—समाचार की तरह सुनील की पत्नी ने सुना दिया। सुनील बैठकर चाय पीने लगे।

"क्या इधर आई थी वो?"—पूछा सुनील ने।

"भाभी के पास आई थी। मुझसे भी बात हुई। बेचारी टिकट लेना चाहती है, क्या करे?"

"अभी कौन सा टिकट?"—कहा सुनील ने।

"आप पूछ लीजिये न, मैं नीचे जाती हूँ नाश्ता बनाने।"—कहकर पत्नी ने पुष्पा को आवाज़ दी; वह उठ खड़ी हुई।

"लो पूछ लो पुष्पा। कैसे तुम यह बाधा दौड़ पार करोगी।"—कहती कप समेटती नीचे उतर गई। अब सुनील और पुष्पा आमने-सामने थे पूरे सत्ताइस साल बाद। एक-दूसरे के आमने-सामने। एक फीट ऊँची छत पर सुनील और नीची छत पर पुष्पा बेहद निकट दोनों ने एक-दूसरे से कुछ न कहा। पुष्पा की आर्त दृष्टि सुनील से अपने छोटे से घर लौटने की जुगत पूछना चाहती थी। सुनील बता पाने की स्थिति में बिल्कुल नहीं था; फासले पाटने का भार नये समय पर छोड़ दिया गया था।

✤ ✤ ✤

बम महादेव

रघुनाथ बाबू कॉलेज से रिटायर होकर गाँव जाने का विचार करने लगे। दक्षिण बिहार में जो आजकल झारखण्ड कहलाता है उसी ओर आज से छत्तीस साल पहले कॉलेज की नौकरी करने गये थे। नयी उमर थी, नवविवाहित थे, नयी गृहस्थी थी और नई नौकरी भी थी। कॉलेज में पढ़ाना इनका सपना नहीं था कभी, सपना था बैंक की नौकरी करना सो जब तक नहीं हुआ था। तब तक के लिए मित्र के सुझाव पर कॉलेज ज्वाइन किया जो स्थाई हो गया। बैंक में कभी प्रतियोगी परीक्षा नहीं निकाल पाये। शुरुआती दिन में गाँव जाया करते छुट्टियों में। गाँव जाते तो ननिहाल जाते, बुआ के ससुराल जाते, काकी के मायके जाते। छुट्टियाँ लम्बी हुआ करतीं। आम लीची खाने, निमंत्रण का मान रखने गाँवों में जाते रहते रघु बाबू। पूरी छुट्टी गाँव में बिताते। मात्र जाना और आना न करते। झारखण्ड अलग प्रदेश हुआ। आवास उन्होंने बिहार की राजधानी में बनाया, उनके कई सहकर्मियों ने भी वैसा ही किया क्योंकि घर तो बिहार के इलाके में था। राजधानी में रहना इसलिए ज़रूरी था कि डॉक्टर वैद्य की सुविधा थी, बेटे-बेटी भी आसानी से आते-जाते रह सकते थे। सबसे बड़ी और अहम बात कि नगर में रहने की आदत हो गई थी। बहुत दिन हो गये थे गाँव गये। विचार तो करते थे पर पैर नहीं उठते थे। ऐसे ही समय में बालसंगी रामजी केवट मिलने आये। रघुनाथ बाबू ने प्रफुल्लित होते हुए कहा —"आओ दोस्त, बहुत दिन बाद मिले।"

"क्या कहते हो? मैं तो जब बाबा धाम गया, तुमसे मिला, तुम्हीं तो गाँव भूल गये हो।"—उसने उत्तर दिया।

"मैं अक्सर गाँव जाता रहा"—रघुनाथ बाबू थे।

"अपने गाँव जाते रहे, बुआ के गाँव कहाँ कभी गये?"

"फुरसत नहीं थी। बुआ रही नहीं, उनके सारे बच्चे बाहर रहते हैं कहाँ जाता; तुम्हें ही आना था।"

"कैसे आता, सुनता कि तुम आये हो। जब तुम्हारे गाँव आता तुम लौट गये होते।"

"अब मैं यहाँ स्थाई रहूँगा। गाँव भी आया करूँगा। ख़बर दूँगा, मुलाक़ातें होती रहेंगी।"

रामजी केवट दरभंगा से मोटर साईकिल से किसी नवयुवक के साथ आये थे। बहुत दिनों बाद दोनों मित्र सुस्थिर होकर मिले थे और घर-परिवार की बातें की थीं। रामजी केवट तालमखाने की खेती और व्यापार करते थे सो अच्छे मोटे हो गये थे। रुपये-पैसे आने के बाद गाँव इलाके के छुटभैया नेता भी हो गये थे। बहुत देर तक दोनों मित्र गपशप करते रहे थे। चाय-नाश्ता करके रामज़ी केवट जब विदा हुए तब रघुनाथ सोचने लगे कि इनका अपने गाँव में कोई दोस्त तो है ही नहीं। उसका कारण गोतिया लोगों का परस्पर द्वेष था। बहुत लोग अनपढ़ रह गये। गाँव में कोई कृषि उद्योग मसलन पशुपालन, मछली पालन भी नहीं किया, खेती भी ढंग से नहीं की; नतीजा यह हुआ कि बाल बच्चों के ब्याह में ज़मीन बेच कर ख़र्च किया। वे सहज रूप से विपन्न होते गये। रघुनाथ बाबू ने ऐसा नहीं किया। अपनी कमाई से बच्चों को पढ़ाया और विवाह किया। माता-पिता के देहावसान के बाद खेत बटाई पर था। अब स्वयं जाकर करने की कोशिश करेंगे।

रामजी केवट का मोबाईल नंबर नोट कर लिया था। विचार था जाने के पहले उन्हें ख़बर कर देंगे। बुआ के गाँव के रामजी केवट और रसूल कुजड़ा इनके निकटतम मित्र थे। बुआ के देवरों के बेटे इनसे ख़ूब नहीं घुलते-मिलते। आठ साल की आयु से ही ये तीन दोस्त थे। हर साल कम से कम एक सप्ताह के लिए बुआ के गाँव जाते। वहाँ बंसी खेलते, मछली पकड़ते, फानी लगाकर बगेरी फँसाते। खेत में ही सूखी घास जलाकर मछली और बगेरी भून कर खाते। बुआ को पता चल जाता, डाँट पड़ती पर बेपरवाह के बेपरवाह बने रहते। बुआ मल्लाह टोला जाकर रामजी की दादी को चेता आतीं—"काकी ये क्या करते हैं बच्चे? मेरे भतीजे को कुछ हो गया तो भौजाई नौ नतीजा करेगी। बच्चों को बरजिये, यहाँ वहाँ डोलते न फिरें।"

"ऐ कनियाँ, कुछ न होगा, रमजीया जलजीव हैं, रघुनुनू को कभी पानी में जाने न देगा।"—कहने को कह देती दादी पर रामजी को अपनी टेढ़ी वाली लाठी लेकर दौड़ाती—"इधर आ सइंमेरौनी का नाती, तेरे बंसी में जंग लगे!

कहाँ गया वह मियाँ छोकरा रसुलबा, जो कुजड़ागिरी छोड़कर फानी लगाने लगा फुद्दी बगेरी फँसाने ? बड़का महाजाल बुनवैया बना है, अभी सलाई लगा दूँगी।''—रामजी केवट गायब हो जाते। शाम ढले, गाय बैल घंटी टुनटुनाते बथान पर लौट आते तब तक रामजी का पता नहीं चलता। उस दिन बुआ के दालान वाले मचान पर रामजी केवट और रसूल राइन, सुशील बालक बन गाल पर हाथ धरे बैठा रहता और एक लकड़ी की ऊँची कुर्सी पर बैठकर रघुनाथ बाबू चन्दामामा की तिलिस्मी कहानी पढ़कर सुनाते होते। भड़भूजे के यहाँ से भुने पचरंगे चबेनों में अँचार का तेल मसाला मिला बुआ बड़े चाव से फूल की छिपली में रघुनाथ को और डलियों में अलग-अलग रामजी और रसूल को फाँकने बड़े प्रेम से देतीं। उन्हें हिदायत भी देती—''ऐसे ही रघु बौआ से ज्ञान की बात सीखा करो तुमलोग।''—बुआ जी ममता की मूरत थीं। शाम ढले, दीया बाती होने के बाद जब रामजी नहीं पहुँचता तब दादी अपनी टेढ़ी मेढ़ी लाठी टेकती रघु की बुआ के घर ही आतीं।

''लो, यह यहाँ विराज रहा है मैं जंगल तालाब भटकती रही।''

''पहले लोग घर में ढूँढ लेते हैं तब बाहर जाते हैं काकी, आपको भी भटकना अच्छा लगता है।''—बुआ कहतीं।

''आपने ही तो कहा था कनियाँ, कि ये लोग खेत पथार, गड़हीं तालाब नापते रहते हैं।''

''आज तो मजलिस यहीं, जमी।''—अब सब अपने-अपने घर की ओर चले गये। रसूल मियाँ की सिर्फ़ एक दादी थी, न माँ न बाप! एक बड़ी बहन थी सो ब्याह कर ससुराल चली गई। समय बीतता चला गया। रघुनाथ बाबू बी.ए. की परीक्षा देकर बुआ के गाँव गये थे। रामजी केवट का विवाह, द्विरागमन हो चुका था। रघुनाथ बाबू उसके आँगन गये थे। रामजी की कनियाँ ने घूँघट न उठाया पर चुपचाप पीछे से एक बाल्टी आलतई रंग घोलकर नहला ज़रूर दिया था। रसूल कुजड़ा बुआ के खेत में आलू बैंगन उपजाता और बैलगाड़ी पर लादकर हाट में बेच आता।

सांध्यकालीन बैठक में रामजी और रसूल ने रघुनाथ से कहा—''मछली फँसाने के लिए बाँस का बाड़ा लगा रहे थे कि पैर में कुछ ठोस वस्तु टकरायी; खोदकर निकाला तो मूर्ति निकली, हमने उसे वहीं दबा दिया है।''

''ऐ कैसी मूर्ति है, किसकी है?''—रघुनाथ ने पूछा।

"देखोगे तब न यार, जान पड़ता है शिवलिंग है।"

"उस पर देवी की मूरत भी हैं। मेरी समझ से ऐसी मूरत कहीं नहीं है"—रसूल ने कहा।

"कहाँ हैं?"

"चलो न, उसे चैर में ही दबा दिया है।"—तीनों मिलकर चैर पर पहुँचे। चैर पहले कभी बड़ा रहा होगा पर अभी छोटा सा जलजमाव था। चारों ओर खेती ही खेती। ये लोग मात्र 81-82 साल के थे परन्तु योजना सौ साला बना बैठे। सचमुच काले पत्थर का विशाल शिवलिंग था उस पर सोलहो शृंगार किये गौरी पार्वती की मूर्ति उत्कीर्ण थी। तीनों मित्रों की सलाह हुई कि कल नाटकीय ढंग से घोषणा की जाय—कि रात में देवी ने इन तीनों को स्वप्न में आकर कहा है कि मैं चैर में मिट्टी के नीचे दबी पड़ी हूँ। मेरा उद्धार करो रघुनाथ ने बताया मित्रों को कि या तो सन् चौंतीस को भूकम्प में यहाँ कोई विशाल मंदिर होगा जो जमींदोज हो गया या बड़े वाले जलाप्लावन में कहीं नेपाल तरफ़ से दह—भँसकर आ गया होगा। अब जो हुआ सो हुआ। क्यों न थोड़ी प्रतिष्ठा अर्जित कर ली जाये। साथ ही पुन:प्रतिष्ठा का पुण्य लूट लें। लोकोपकार भी होगा। जैसे ही इन तीनों के मुँह से सपने की कथा प्रसारित हुई लोगों ने मूर्ति खोजना शुरू किया। गाँवों के इलाके भर में समाचार आग की तरह फैल गयी। लोग चैर के पास इकट्ठे होने लगे बच्चे बूढ़े और जवान। निकट गाँव की स्त्रियाँ भी आ जातीं। खुरपी कुदाल चलने लगा। एक बुजुर्ग ने बरजा—"कुदाल का सफाई हाथ न मारो। मूरत खंडित न हो जाय।"

"अंग-भंग मूरत पूजित न होंगी।"—दूसरे ने कहा। कीर्तन मंडली अपना झाल मृदंग लेकर बैठ गई। कीर्तन होने लगा। एक डॉक्टर साहब थे गाँव में। उन्होंने कहा—"अरे नवयुवकों ने सपना देखा, उस बात को इतनी गंभीरता से क्यों ले बैठे आपलोग? सपने कहीं सच होते हैं?" कुछ लोगों को उनका कहा सही लगा पर अधिकतर लोगों को बहुत बुरा लगा।

"देवी क्यों सपने में आयेंगी, सत्य ही होगा।"—एक आस्थावान वृद्धा बोलीं। बुआ जी के मन में द्वन्द्व होने लगा कि उन्हीं के भतीजे ने सपना देखा और यह मजमा इकट्ठा हो गया है।

"हे माँ, लाज रखना।"

रामजी और रघुनाथ ने विचार किया आज रसूलबा के हाथों देवी प्रकट

किया जाय। कोई सन्देह न हो सो रामजी दूसरी ओर पानी में उतरा और रसूल मियाँ मूर्ति की तरफ़ कच्छा पहनकर घुसा। एक घंटा तक इधर-उधर डूबते तैरते रसूल ने पकड़ा—"यह बड़ा पत्थर मिला, मूर्ति ही है।" चारों तरफ़ से तैराक कूदे और देखते-देखते मूर्ति लेकर निकल आये। फुलपॉक से मूर्ति निकाल सूखे पर रखी गई। कई बाल्टी पानी से धोई गई। काले सुचिक्कन प्रस्तर मूर्ति को देख अचम्भित और भाव-विभोर थे लोग। इस विषय पर विचार होने लगा कि मूर्ति को कहाँ और कैसे स्थापित किया जाये। अनायास विचार हुआ कि मन्दिर वहीं बने। यह ज़मीन गैरमजरूआ है, तालाब घाट सहित बन जाय। इन तीन तिलंगों का भाव बढ़ गया था। समय पाकर मंदिर बन गया। भव्य मंदिर! आख़िरी बार जब रघुनाथ बाबू बुआ के गाँव आये थे तो देखा विशाल मंदिर अहाता, परिसर। परिसर में दूकानें फूल बेलपत्र की, अँचरी चूड़ी, सिन्दुर चुनरी की दूकानें। ये पूजन सामग्री की दूकान रसूल मियाँ की थीं। रामजी केवट की दो दूकानें थी पूजन सामग्री और भभूत मिठाई वगैरह की। रसूल और रामजी की दूकानें पक्की थीं। रसूल ने पक्का घर भी बनवा लिया था। शादी हो गई थी, बाल-बुतरू भी हो गये थे। त्योहार के अवसर पर मंदिर ख़ूबसूरती से सजाया जाता। जैसे-जैसे भक्तों की वांछित मनोकामना पूरी होती, वैसे-वैसे ख्याति बढ़ती जाती। भक्तगण कुछ न कुछ दान देकर शोभा द्विगुणित करते रहते। यह सब भगवान और भक्त के बीच का मामला था।

एम.ए. करने के बाद रघुनाथ बाबू अपने निजी जीवन को गंभीरता से लेने लगे। कॉलेज की नौकरी सिर्फ़ टेम्परेरी समझकर किया था वहाँ परमानेन्ट हो गये। आवश्यकतानुसार पी.एच.डी. करने में लग गये। कॉलेज में सीढ़ियाँ चढ़ते गये। विभाग के अध्यक्ष तो बने ही, विश्वविद्यालय के प्रो. वी.सी. पद तक पहुँच गये। सचमुच रामजी केवट कई बार बाबा धाम आया और इनसे मिलता रहा। जब मखाने का व्यापारी हो गया तब अक्सर एक बोरिया मखाना लेकर आता था। गाँव घर का समाचार सुनाता। रसूल राइन के बेटे सब्जियों के व्यापारी हो गये थे। मंदिर परिसर के कई भोजनालयों में तरकारी मुहय्या कराते। रसूल अब अधिक समय दूकान पर गुजारता। शिवरात्रि का व्रत वह हर साल करता। रामजी केवट और रसूल राईन अक्सर खानगी में बतियाते कि धन्य ये गौरी शंकर कि हमलोगों जैसे नंगा फ़क़ीर आज सम्पन्न हैं। वह मूर्ति इन्हीं लोगों को क्यों मिली और इन लोगों ने ऐसी सुनिश्चित योजना ही

क्यों बनाई ? रामजी तो था ही, रसूल पूर्णतया भोला-भाला था। रमजान, रोजा, सब अपनी जगह, बाबा अपनी जगह। दोनों आस्था साथ लेकर चलता। रघुनाथ के पूछने पर रामजी ने बताया था कि—"रसूल ने अपना ख़ास दो बीघा ज़मीन अरज लिया है, बेटा-बेटी पढ़ा सो व्यापार बढ़ाया। पर उसका एक दामाद बड़ा टेटियाहा है।

"ऐं ऐसा क्या?"—रघुनाथ चौंका था।

"भई दामाद कुछ ज़्यादा पढ़ा-लिखा है। अपने गाँव में ही मदरसा खोल लिया है।"—रामजी ने बताया।

"ठीक तो है, गाँव के बच्चे पढ़-लिख लेंगे।"—रघुनाथ ने कहा।

"पढ़ेगा! यह होता तब न? चेला चाटी को उल्टा-पुल्टा सिखाता है।"

"ऐं?" रघुनाथ सोचने लगे। समय पाकर गाँव गये तो रामजी को ख़बर की। रामजी से कहा कि रसूल को लेते आये। पर वो अकेले आया। पूछने पर बताया कि रसूल आने लायक नहीं है।

घर में उसका दामाद अक्सर अपमानित करता है कि गौरीशंकर मंदिर में रहता है। बरत करता है, ईद बकरीद छोड़ कभी नमाज नहीं पढ़ता है। अब तो बेटों ने भी कहना शुरू किया कि मंदिर वाले दूकान को किराया पर उठा दो, तुम न बैठो पर रसूल न सुना तो न सुना। एक दिन रसूल ने अपने बेटे बेटी, बहू दामाद को बैठाकर मूर्ति मिलने की सच्ची कथा सुना दी और कहा—"देख लो, अल्लामियाँ ने मेरे हाथों मूरत का उद्धार कराया, हम उनका दर न छोड़ेंगे।"

"अल्ला को काहे सानते हो अब्बा, दोजख में भी जग्गह न मिलिहैं। फजूल बात बोलते हो। दिमाग चल गिया है।"—दामाद ने हिकारत से कहा रसूल अब लोगों को पकड़-पकड़कर मूरत मिलने की कथा कहता रहा, मेरे समझाने पर भी न मानता। सचमुच बौरा गया है।

अचानक जीवन के अवसान काल में रघुनाथ बाबू को बोध हुआ कि कोई अपराध हो गया तीनों तत्कालीन नवयुवकों द्वारा। यदि ये सच्ची बात जाकर लोगों को समझाते हैं तो इन्हें भी लोग पागल समझेंगे और रामजी अलग नक्कू बनेगा।

"रामजी, क्या मैं चलूँ रसूल के पास? कोई लाभ होगा?"

"कैसे कहूँ?"—रामजी ने कहा। रघुनाथ बाबू बहुत सोच-विचार के

बाद सीधे मंदिर परिसर गये। रसूल मियाँ अपनी दूकान पर मिले। उसकी दूकान से सीधे गर्भगृह दीखता था; शिवलिंग के दर्शन होते। बहुत देर तक देखता रहा रसूल रघुनाथ बाबू को। पहचान गया। वर्षों बाद देख रहा था।

"ओ रघुनाथ बाबू, मेरी सच बातों को कोई कान नहीं देता है, यह मलहबा रमजीया भी कुछ नहीं बोलता। मेरा मौलवी दामाद कहता है मंदिर छोड़ दो।"—विह्वल था रसूल।

"रसूल यार, मन की बात मन में ही रखो। बाबा मन में हैं।" रसूल ने मेरी कही सुनी। गाँव से आये छः माह हो गये थे कि एक दिन रामजी आया। रसूल के बारे में पूछने पर बताया कि उसके घर की प्रगति हो रही है। मदरसा सरकारी हो गया और दामाद जी सरकारी सेवक। लेकिन रसूल मियाँ पूर्ण पागल हो गया। बच्चे ढेला मारते हैं और चिढ़ाते हैं—"बम महादेव बमरी, सवा हाथ का नेंगड़ी"—हम डाँट कर भगाते हैं। बेटे दामाद जो उसी के कारण आज सम्पन्न हैं, कहते हैं—"ईहो होयके बाक़ी रहलो हे, जैसन करनी तैसन भरनी।"

दोनों मित्र भारी मन से इस पारिवारिक विषय को सोचते बैठे रहे देर तक।

❖ ❖ ❖

www.ingramcontent.com/pod-product-compliance
Lightning Source LLC
LaVergne TN
LVHW090423051026
849518LV00006B/2411